CW00970298

Cochq

Dunkeld '97

Richard Bohringer

Le bord intime des rivières

Denoël

Richard Bohringer est né à Moulins, dans l'Allier, le 16 janvier 1942. Plus connu comme comédien, il a cependant écrit et fait jouer deux pièces de théâtre, publié des nouvelles dans des revues et écrit des textes de chansons. Il tourne son premier film en 1972 et ne cesse de jouer depuis, notamment dans *Diva* (réalisation Jean-Jacques Beineix, 1981), *Le destin de Juliette* (réalisation Aline Issermann, 1983), *Péril en la demeure* (réalisation Michel Deville, 1986). Il a obtenu le César du second rôle pour *L'addition* (réalisation Denis Amar, 1985) et le César du meilleur comédien pour *Le grand chemin* (réalisation Jean-Loup Hubert, 1988). Il a également joué dans *Subway* (réalisation Luc Besson), *Après la guerre* (réalisation Jean-Loup Hubert) et *L'accompagnatrice* (réalisation Claude Miller). Il tourne son cinquante et unième film en ce moment.

Le chat de mon ami est un chat ordinaire. Il rit tout le temps.

LE BORD INTIME
DES RIVIÈRES

Je me serais assis au bord de l'eau. J'aurais préparé ma canne à pêche en prenant mon temps. J'aurais balancé mon plomb dans l'eau avec un petit geste mille fois répété par mille pêcheurs sur le bord intime de mille rivières. J'aurais regardé le bouchon s'installer et puis j'aurais écrit mille pages au hasard du vent.

Je veux écrire de la musique avec les mots. Je veux être guitare héros.

Le temps a passé Paulo. Envie de t'écrire un peu de ce gros requin chagrin, amoureux fou d'un dauphin. Un matin ils partirent très loin. Et me voilà, peut-être, avec une histoire qui finit bien.

Alors, vraiment, à qui écrire, si ce n'est à toi Paulo. Tu le sais, toi, que je suis un putain d'emmerdeur avec ma philosophie de bazar.

Tous ces Paulo qui sont plus là. La came. Le

pinard. L'amour. Le sexe. Un bazar avec plein
de petits héros de la nuit. De vrais bateaux et de
faux marins. Ou bien de faux bateaux avec de
vrais marins. On s'en est foutu royal à coups de
vingt ans. A coups d'espérance de magazine. On
dira jamais qu'on est des artistes. Tu te souviens, Paulo, on se l'était juré. De temps en
temps on y jouait. Juste le temps de faire la
manche. Le temps de la manche pour le
pognon.

Il y a des fois où le sac à dos est plus lourd que
d'habitude. Je disjoncte. J'éructe ma blessure.
J'emmerde. Emmerdeur. C'est plus râleur que
je suis. Je te jure Paulo. C'est de la vraie
colère.

Je fais semblant de pêcher au bord de la
rivière. Jamais pêché de ma vie. Aucune envie.
Physique. Faut échouer avec la barque là où
personne n'a jamais foutu les pieds. Comme sur
les rivières vers Cahors avec l'ami Marlasse et
l'ami Charvet.

On avait joué *Délivrance* une belle journée
d'été. Tu te souviens, on avait de l'eau jusqu'au cou à pousser les barcasses. Des sourires
comme des lumières. Et les années effacées.
Personne n'ouvrait sa gueule. C'était l'aventure.
Avec des presque riens. Des conneries de bouts
de rivage. Des ombres avec des chevaux. Des

bouts de granit brûlant sous le cagnard. Du bleu au-dessus, impassible, à peine tremblotant. L'amour amitié pour la vie, le vin, le rugby, les filles, les enfants, les vieillards. On avait une âme de voyageur. Tous ensemble. Communion.

Cadurcie. Capitale Cahors. Avec la famille Charvet qui joue au rugby depuis toujours. Chaque dimanche, rêves de gloire. Les beaux dimanches Tricostéril. Plaies et bosses.

Jamais joué au rugby. A la soule oui. L'ancêtre. Un jeu de paysans. Les dieux fertilisaient la terre des gagnants. Fallait ramener la soule à la maison. Tantôt chasseur, tantôt gibier. Pas de terrain. Les champs, les forêts, le ciel, les rivières. Sacrée vieille peau pleine de son dedans.

Les garçons hurlent dans les bois. « Il est là ! Il est là ! » Tu planques la soule sous ton bras. Ils passent devant toi. Les hommes trottinent. Lourds et sûrs d'eux comme des chevaux de trait. Tu te laisses rouler jusqu'à toucher la main d'un Paulo. Clin d'œil. Il se jette. Jailli devant les adversaires. Les entraîne.

C'est le silence indien. Tout ce qui craque est une menace. Tu te relèves lentement.

Faut traverser le champ devant toi. A découvert. De l'autre côté c'est peut-être gagné. Le vil-

lage est pas loin. Je te jure Paulo. Impression-
nant. Y'a rien qui bouge. Y'a le champ qui rit de
toutes ses dents. Le blé est coupé. Je resserre
mes lacets. Je fonce. Courbé en deux, je prends
des branches dans la gueule. Je me jette dans la
lumière. Je remonte vers la lisière. Je ruisselle.
J'ai les pieds qui jouent aux dés. La terre brûlée
par l'été.

J'ai vu bouger. Le cœur fout le camp. Les
voilà. Des balèzes, des meilleurs que moi. Je
suis le gibier. J'ai l'impression de courir au
ralenti. Putain ce qu'elle est loin la forêt. Je
rigole plus. Je vois leurs yeux.

Les miens attendent le relais. Le relais, c'est
moi. Je lance la soule. Elle s'envole. Roland
jaillit d'un fourré, la chope et disparaît.
Magique.

Je prends quelques coups, pas bien méchants. Je me marre. Roland est loin.

Je me souviens de ce jeu de paysan. Dans
l'ombre et la lumière.

Je me souviens d'Issigeac. Derrière l'église.
Après la soule quand ça fume dans l'arrière-
salle chez Annick.

Je me souviens du billard.

Je me souviens d'Henri qui pousse en mêlée,
trop grand pour passer sous la lampe. Je me
souviens de Paco. Paysans.

La mêlée. C'est beau, comme une cathédrale, là-dessous. Une clairière avec les yeux des loups. Ha ! Ha ! Faut sortir la soule. Se barrer dans l'azur. Se barrer dans la liberté. Quinze contre quinze, à se faire couler dans les marais. A se trouver de temps en temps. Fulgurance. La soule change de camp. Y'a le soleil qui descend.

Les moutons qui n'ont plus à bouffer là-haut sur les collines plombées, battues par le vent qui vient d'Espagne, les ombrages, plus bas, le long de la rivière, les arbres larges qui gardent la rosée.

L'ami Marlasse, un ami de rêve. Un gentil colosse. Il a des mains à te prendre toute la tête dans le creux. Si c'est pour faire dodo, tant mieux ! Pour prendre un pain y'a moins pire, comme dirait Paulo. Il a joué au rugby toute sa vie. Comme les paysans. Comme les gardes du corps du Bon Dieu.

Mes doux Paulo transcendaient en silence. Moi fallait que j'ouvre ma gueule pour dire fort que le ciel était bleu ce jour-là, que j'étais heureux ou que j'entrevoyais une possibilité de l'être. Heureux, tête de pneu ! Evidemment, si t'en voulais pas tant. De cette gloire, de cette vanité.

Fallait que je t'écrive, Paulo. Y'a que ça qui me fait du bien. Je voudrais faire la paix.

Paulo, c'est Paulo. Celui qui est parti trop vite. Trop haut. Celui qui manquera toujours. Et puis il y a Paulo qui vit. Le Paulo d'en bas. Celui qui frétille comme un gardon. Paulo d'en haut, y'a des fois où je te vois dans le noir, dans les torrents, dans la lumière. Y'a des bouts de toi. Le Paulo d'en bas il aime la vie. C'est la vie qui se fout de lui. L'amour y'a des fois. Y'a des fois pas.

Je te jure Paulo, si tu revenais, je te referais plus le coup du saxo qui a du chagrin. A moins que ça te fasse encore marrer. C'est peut-être pour ça qu'on s'est tant aimés. Tous les coups on se les refaisait sans cesse. Un truc d'Indien. Jamais mort, Paulo. Jamais définitivement disparu.

Il paraît que t'as du mal à jouer au poker là-haut. Faut du pognon pour jouer. Histoire de se filer le vertige. Juste avant de rentrer dans le bastringue. Un coup d'odeur de pluie pour filer la baraka. Quand la baraka fait le masque. Et que tu remontes le col. Qu'un foutu taxi te balance sa gerbe dans la gueule. Alors qu'avant t'avais fait monter les tours et triplé ta foutue mise.

C'est le blues du repenti.

Tu te souviens, Paulo. Je t'attendais dans le fond de l'auto pendant que tu rêvais qu'on devenait les plus riches du monde. Je ruisselais à

16

grosses gouttes. T'avais garé la caisse à l'ombre, mais le soleil a tourné pendant que je dormais. J'avais pas les clefs. Et j'étais trop déglingué pour affronter.

De l'extérieur de cette foutue bagnole, personne pouvait voir la pauvre méduse assoiffée répandue sur la banquette arrière avec des petits bruits de bouche en forme de rêve de houblon. Du breuvage qui permettrait un ultime sursaut.

Non, j'attends Paulo, le gars qui va nous rendre riches jusqu'à demain. J'attends planqué. Recroquevillé. Je vais le voir arriver. A travers le pare-brise. S'il marche vite comme dans les polars, c'est qu'il a pris de quoi faire bouillir la marmite. S'il marche lentement, c'est qu'il prend son temps pour m'annoncer qu'il s'est fait blanchir comme un bleu par cette putain de roue qui tourne, ou que le bourrin s'est gouré de sens. Blues.

J'ai le blues du wagon. Isolé, rouillé, sur une foutue voie désaffectée. Un pauvre wagon qu'entend plus le bruit du bogie, qu'entend plus la vie. Un foutu vieux wagon qui se souvient de l'odeur là-bas sur les voies de campagne. Perdu la nuit en plein été à voir le soleil se lever. Avec ses crochets, ses tuyaux posés de chaque côté. Le ventre ouvert. Transpercé des deux flancs comme une double fenêtre sur l'horizon. C'est le blues du perdant. De la louse. De la femme fatale.

Y'a plus que Paulo qui revoit la course, qui comprend pas pourquoi ce putain de bourrin s'est gouré de jour.

Y'a des gens qui rient dehors. On est repartis en se jurant bien qu'on reviendrait et que cette fois-ci on serait pas les pigeons.

La nuit avait été très dure. Une nuit en dérapage non contrôlé. Une nuit rouge. Une nuit bleue. Au bar tu te penchais vers moi. T'étais tellement grand. Légèrement ivre. Oui. Légèrement ivre. Vivant. T'étais drôlement vivant et grand. Grand coureur de fond. Animal tintamarre. Celui du plus grand bar du monde. Celui au fond de la forêt. Tu ne disais jamais rien de tes chagrins. Même du dernier. Celui de mourir.

Paulo, je voudrais pas monter là-haut sans que tu saches combien tu me manques en bas.

Je vais partir à la montagne. T'aimais bien. Je vais te foutre dans le décor. Je vais regarder le sommet, le bout du sommet, juste avant qu'il ne se précipite de l'autre côté, vers une autre vallée. A t'écrire comme ça, debout dans la cuisine éteinte. A pisser le long des montagnes, si hautes que j'envie ceux qui dorment dans l'avion qui se mélange aux étoiles. A brasser férocement l'eau glacée de la Rosière. Un torrent qui déboule dans une clairière. Là-haut en Savoie. On comptait jusqu'à trois. On coulait quelques secondes et puis on se dégageait ruisselants comme des bœufs foudroyés.

Tu me manques. Cet après-midi j'ai replongé ma tête dans le torrent, la blonde a cueilli une fleur qui file dedans. C'était pas tout à fait comme si t'étais là. Enfin quand même, on était bien près de toi.

Je t'écris du dixième étage d'un hôtel de Montréal. Vue sur une ville lointaine avec la voûte céleste comme une calotte gris perle. Dire que t'es dedans ! T'es invisible. Tu voles au-dessus des buildings. Pourtant je t'avais laissé dans un petit cimetière de l'Oise à côté de ta grand-mère. Nom de Dieu, Grand Jacques, tu me manques ! Tu m'as donné que du bonheur.

Je suis ivre de notre amitié inachevée. Y'a des fois je fais comme les poissons rouges. J'ouvre grande la bouche pour respirer. Le soir vient. Je regarde mon chat qui se laisse endormir par ma présence. Et je pense aux tiens. A tes greffiers.

J'aime les flambeurs. Les allumés de la plaque chauffante, des chiffres magiques, de ce qui faut ou pas faire pour parler aux dieux. Paulo d'en haut t'adorais ça. Le casino. La table, aussi bien que le fond du bistrot. Avec la nuit qui tombe à l'autre bout. T'aimais ça, retirer le papier cellophane d'un paquet neuf. Faire couper et donner. Donner la carte, la retenir, te la garder. Rêver. Un jeu royal où tout reste à faire. Tirer le nombre exact. Poker. Conversation secrète avec l'adversaire. Dire le tout et son contraire.

On marche côte à côte. Moi plus speed, moins cool que toi. J'ai pas tes cannes, Paulo. Je suis grand marcheur à petites enjambées. Toi, t'es grand marcheur à grandes enjambées.

On fouillait la nuit chacun de son côté. On se retrouvait au hasard. Sans rancard. Au coin d'un bar. Je bois plus. « Marrant, moi non plus », disait l'autre. « Dur ? Penses-tu ! Tournées de Vichy menthe. » Extase d'innocents. « Pourquoi menthe ? Il est beau ce vert non ? »

Un buveur solitaire se prend d'envie de nous aimer. Nous aussi. Le gars est plutôt branchant. Tu te souviens, Paulo d'en haut. Le goût de la bière ce jour-là. Cette putain d'ivresse légère. Le cœur qui bat. S'enfouir dans nos rêves, nos croyances. Disparaître dans l'autre vie. Coupables. Déserteurs. Se débiner dans la nuit. Quel kif. Se carapater, comme dirait Mamie en me voyant revenir. Tu t'es encore carapaté cette nuit. J'aimais le son de sa voix quand elle disait ça. Peut-être bien avec un peu d'envie. Sacrée Mamie.

Sûr. Fallait que je t'écrive. Paulo d'en haut. Paulo d'en bas. Y' a que ça qui me fait du bien. Je voudrais faire la paix.

Renaître. Revenir à la pureté sans passer par le vice. J'ai des vices de pacotille. Pour le vice, faut de la démesure. Tout est difficile pour moi. Je voudrais jamais dormir. J'aime trop faire. J'ai pas assez de temps. Bientôt je serai vieux. Alors je pousse des pieds. Je m'arc-boute. J'expulse. Je crache de partout. Vite y'a le feu. Y'a la vie qui fout le camp. J'ai tout inventé. Pourtant c'est la vérité. Objective. Au ras des fraisiers.

J'ai eu du mal à approcher le bonheur, le mien, avec cette putain d'envie que les autres aient le même au moins. Ce songe lointain. Bonheur humain où l'amour sera roi.

Aimer la vie. La vouloir. Comme la femme que l'on désire. La peindre. La sculpter. Vouloir partager l'idée de vie. Tremblant de désir. Vouloir être bon. Humble. Savoir que rien n'est jamais gagné. Continuer. Espérer demain. Aujourd'hui meurtri. Etre rebelle. Pourtant bonne pomme. Un peu malin. Si le cœur est bien là. Faut se garder. C'est du bon kif d'humain. Dès que c'est coupé, faut en replanter. C'est mon idée. Faut se garder. Faut savoir qu'on est des milliers. Comme des champs de blé. Des milliers à s'aimer. Des milliards à pas le savoir.

T'as pas l'âme cradingue puisque t'as toujours la fraîcheur. C'est vrai que des fois tu te fais vomir. Gerber comme une queue de renard. Que t'as la nausée. Y' a que toi, ce soir-là, à être aussi cradingue. Pauvre pomme ! C'est sûr. Se salir c'est pas juste si personne nous pardonne. D'où intervention. L'amour, admirable panse-ment. D'où nécessité que cet amour ait la peau dure. A vérifier dans le sens inverse. Celui qui souffre prend une pose et fait souffrir à son tour. Pas plus. Rien de grave. Subtil équilibre des forces. D'où invulnérabilité de ce bel amour.

Alors vivent les tempêtes ! La blonde comme un miroir et les potes dans le fond de l'enton-noir du côté de l'horizon. Comme s'il fallait rat-traper la raison avant la fin du jour.

Paulo, voilà longtemps qu'on s'est rien dit. Ou pas grand-chose. Peut-être que j'étais en train de grandir. Un petit peu. C'est dégueulasse, faut toute une putain de vie pour devenir meilleur. Avoir le sentiment d'avoir toujours fait la manche.

Pauvre pomme ! Je suis arrivé jusqu'à cin-quante ans. En ayant perdu toutes mes dents. Une espèce de loukoum du bon sentiment. Alors faut remonter le courant. Tu comprends,

Paulo. Faut le remonter avant de couler. Faut remettre de la noblesse dans le sentiment. Faut que la main soit vraie.

Je suis pêcheur balafré. J'ai vécu dans les grands fonds. J'ai appris à me transformer. Indispensable pour soutenir la comparaison. J'ai appris aussi à avoir des amis de légende. Et d'autres tombés dans l'oubli. J'ai le sens du bénéfice, de l'addition, de la soustraction. Petit merdeux, je connais la vie. Nous emmerde pas, joue-nous un morceau de pipeau. Faut danser la valse musette avec sa gonzesse. La rendre belle. Lui faire oublier le chagrin.

Elle s'appelle ficelle la mémoire. Elle tape dur. A te faire péter les plombs. Pour tout. Un champ. Te voilà barré dans le temps d'avant. Où il y avait un champ. Et puis une gonzesse. Ou peut-être pas. L'idée seulement. Mais le chagrin, lui, il s'en fout. Fait pas dans le détail. Vrai ou faux. Le chagrin sait tout. Ficelle mémoire, mes tourmentes, ficelle mémoire, il y a des soirs glacés. L'honnêteté, je l'ai apprise tout seul. Le pardon aussi. Ça a été plus long. La cruauté, le sang du chagrin, vieille canaille, j'ai su très vite.

Je me souviens d'une gonzesse qui m'a aidé à écrire. Qui m'a aidé à vivre. Elle a cru qu'un jour je l'aimerais. Je l'ai toujours aimée. Pas comme elle voulait. J'arrivais en pleine nuit comme ça. Je déboulais. Je me couchais à côté d'elle. Je parlais. Je délirais du bon, du mauvais. J'aurais bien voulu qu'elle soit Blanche-Neige. Mais c'était pas possible. Elle a pleuré. Discrète.

J'aime la pluie fine. Qui mousse dans les cheveux. Les mains dans les poches, y'a mes vingt ans qui reviennent. Paulo, tu te souviens comme on était beaux. Fallait bien pour la moto. Pour l'écriture aussi. Pour les filles forcément. Clic-clac, carte postale. Maintenant je suis lourd en traversant la rue. J'aime la pluie fine. Celle qui mousse dans les cheveux. Celle qui arrose la mémoire.

Je courais vers elle. Toujours. La fille sourire. Je courais vers toutes les filles. Nous étions fous d'elles. Fous de désir. Fous d'images. De déshabillages. Fous de leur ventre fou, de leur sexe. Nous étions fous de tout. Nous n'aimions pas celle qui nous aimait. Nous fracassions notre vie pour celle que nous n'aurions jamais. Le monde était féminin. Je me souviens.

En pleine Camargue. J'étais cow-boy. Ha ! Ha ! Le soleil, le vent nous foutaient sous haute tension. On buvait comme des barbares, on brassait les filles. Les filles aimaient les garçons, le sexe et la fête. Nous étions frangins, frangines de peau, de sueur, de nuit, à la lampe à huile. L'amour cheval. On se repérait. On s'aimait à distance. On mettait un peu de lointain dans le présent. J'étais amoureux d'une gonzesse. Je me souviens qu'elle était blonde et de l'odeur de sa peau Paulo, l'odeur de la peau, je m'en embobine les narines, je m'en badigeonne le ventre et le dos. J'en veux au fond de ma tombe. J'en veux dans mon lit, toute la vie.

J'étais brûlé d'elle. J'étais sexuel. Animal. Elle me guidait. Elle avait trente ans. J'en avais vingt. Je perdais la tête quand elle voulait pas. Je savais qu'elle avait d'autres mecs. Des durs que je matais. Je voulais être comme eux. Dur au boulot. Dur à l'amour.

La jambe qui traîne sur le lit, les fesses pleine lumière, le bras tendu pour saisir le paquet de cigarettes, j'avais jamais vu, Paulo.

Putain que c'était beau. Chromo. C'était déjà l'Afrique. A cause des moustiques. Hey blues !

Ombrageux comme un pauvre bourrin qu'aurait des soucis, Pépère va acheter son pain. Il se la joue bluesy câlin. Avec des vieux débris d'images du quartier dans le temps. Des vieux débris de ses vingt ans. Ce foutu Indien qui ronchonne tout le temps. Jaloux de toutes ses dents. Y'a Eddie qui lui sauve la vie. Eddie qui fait de la musique à faire péter le cœur, à te faire souvenir des trucs oubliés, des petits sourires, des gros chagrins, des presque riens. Il aime ça, Pépère, les souvenirs. Il prend soin de sa mémoire, il dit que c'est là-dedans qu'il aime dormir.

Papa Noël cherche dans sa hotte, cherche des bouts lambeaux de mémoire. Debout dans sa moitié de siècle. Renaude. Trouve pas ça marrant, sa moitié de siècle. Papa colère. Grande gueule. Bruyant pour disparaître plus sûrement. Amour intense. Papa Noël pas toujours parfait. Pas content. La neige lui fait du bien. Il peut la regarder des heures. Un vrai gros caillou Papa Noël.

Papa Noël cherche la grosse enveloppe pour la foutre dans la grande cheminée. Celle où y'a pas de fumée. Pour pas enfumer le père Noël. Celui qui trouve bizarre les purs et les durs. Lui, il est jamais sûr. Papa Noël a promis qu'il n'irait plus se délivrer du mal avec ses Paulo. C'était la blonde ou le houblon. Papa Noël sera toujours là.

Papa Noël, il est fou là-haut sur son toit. S'il croit que je ne le vois pas. Un vrai zigoto.

Coucou, papa, t'es là ?

C'est vrai que tu me manques. Je pourrais me confier si t'étais là. Pas de la tarte. Tu me diras, y'a Paulo. Celui-là il est universel. Y'a pas meilleur. Il a dans le fond de l'âme une putain de petite fleur qui se transforme en phare quand il fait trop noir. Un frangin d'amour, quoi. Un obstiné.

Coucou, papa, on aurait fait du cerf-volant. Toute la vie. T'aurais tout su faire, j'aurais été ébloui. T'aurais rien su faire, j'aurais aimé ton odeur d'after-shave le matin. Rasé pour faire semblant d'aller au boulot. Du pipeau. Pas de boulot. Je t'aurais aimé, je t'aurais protégé, je t'aurais compris.

Coucou, papa. Je t'aurais vu tourner autour de maman chaque soir avec la même envie, avec le même amour qu'il y a trente ans.

T'es plus là. T'as jamais été là. Ou si loin qu'il a fallu que je mette le turbo pour lire ton visage les quelques fois où on s'est croisés. Je suis pas triste.

J'aurais été le fils de l'Indien. Pourtant t'étais pas indien. T'étais soldat. Soldat allemand. On s'est ratés. J'ai fait semblant de ne pas aimer les Allemands. Un vrai jeune con qui a tout fait pour garder son chagrin d'orphelin.

Un jour ou l'autre, on le fera en haut, là-haut, ce qu'on n'a pas fait en bas, tout en bas. Ton absence m'est souvent invivable. Papa. Y'a un truc qui a déconné dans notre histoire. Peut-être c'est très bien comme ça. Souvenir de toi. Malicieuse lassitude au coin des yeux. Comme les hommes qui ont vécu les théories. Coucou, papa, t'es là ?

Aimé trop tard. J'étais déjà grand. Le fils du boche. La photo du père en uniforme d'officier allemand au fond du meuble. Passer des heures à la regarder pour y trouver les traces du tyran. Impossible pourtant. Je pouvais pas être le fils d'un nazi. J'ai pleuré, Paulo. Y'avait que les voies ferrées sous la lune qui me faisaient du bien. Je marchais au centre dans une paix immense, l'hiver, les lumières gelées sur les rails. Je t'ai remplacé. Plusieurs fois. Oui, les fils sont gourmands.

Un peu plus haut vers la forêt, il y avait une colline avec un grand champ plein de vent, je m'en souviens. Le père riait, le fils s'envolait au bout du cerf-volant. Moi je ne riais que si mon frère le faisait. Il paraît que mon père m'aimait. C'est con la vie. C'était beau ce jour-là. Je me souviens. La lisière de la forêt. Sa fraîcheur. Le bruit de nos respirations. Cet homme, mon père. Et mon frère. Je l'aimais bien, mon frère. Révolté. Indépendant.

Il a cramé dans sa caisse. Sous un camion. Sur une route au petit matin. Dans mes oreilles claque la voile du cerf-volant.

Demain
nous serons des arbres,
nous serons des rivières,
disaient les Indiens

Je voulais remonter les rivières, me perdre dans le vert. Je voulais le silence aussi. Le bord intime des rivières. Le bord du ventre des femmes. L'ombre divine. La peau, turbulence de l'âme. Vouloir voir. Et toucher. Vite. Comme une brûlure. Avant d'être aveugle. Je voulais toutes les voir. Surprendre leur corps. Je voulais voir les femmes. Les voir se laver les seins. Ne jamais oublier chaque instant de la féminité. Les filles le savaient. Elles savaient que je n'étais qu'à elles, qu'à leur désir perdu. Tant l'étonnement de mes mains sur leur corps les rendait gourmandes. Je voulais qu'elles m'apprennent leur violence. Je voulais apprendre encore et écrire encore. Fixer. Avoir fini avant la fin. Lutter. Reprendre son souffle. Repartir. Un peu plus sûr. Toujours fragile. L'eau, la nuit, dans les tuyaux. Ecouter sur le bord du grand fleuve. Gonzesse de la haute. Les chevaux ont chaud.

Le soleil cogne. Blanc. Les hommes rêvent de lambada. Les femmes font la lessive. Moi je crois. La rivière est là. Nonchalante dans l'après-midi. Algue. Sans force.

Je me souviens de ma main gonflée par l'alcool.

Je me souviens de l'alliance rentrée dans la chair. Gros plan.

Je me souviens de l'eau claire. Je me souviens du bord intime des rivières. Ma main se souvient de sa douceur à calmer la douleur. Je me souviens des femmes aimées, mal aimées, pas aimées. Je me souviens de ma colère à me regarder ne rien faire. Je me souviens de tous ces humbles amis à qui je ne saurai jamais dire je t'aime. Je me souviens de demain.

Je veux pas aller sur la mer. Je veux remonter les rivières. Retrouver la forêt d'émeraude. Je veux émerger. Je veux des milliards de guitares. Des manouches. Des rockers. Je veux être l'enfant du Bon Dieu. Un petit moment. Juste un petit moment. Je veux être Spartacus. Je veux être la colère.

La main qui traîne dans l'eau. Loin des tourbillons. Ne pas l'aventurer. Fermer les yeux. Il y a la femme-chair. Il y a la femme-eau. Eternelle caresse. Plonger la main dans toi, ma rivière, comme dans la femme aimée. Ma rivière, ma femme. Je suis bien trop grand pour y plonger le corps.

L'ours aime le miel. A moi l'abeille.

Je me souviens du camp dans le désert. Du sable tendre. Je me souviens de l'ombre, de la fraîcheur. Je me souviens des nègres géants, des négresses comme des gazelles. Je me souviens des mouches dans les yeux des enfants. Je me souviens des miens. Si blancs. Je me souviens des longues mains avec des veines comme des torrents. Gros plan. Je me souviens de mon ami arabe. Fragile, porté par le vent. Je me souviens de sa dignité. Monument humain. Comme tous ceux qui n'ont rien.

Je me souviens de Roger. Acteur. Fils de boulanger. Nous allions nous réfugier dans la chaleur de la boulangerie, la nuit. Grâce à lui j'écris.

Je me souviens de l'accordéon. Je me souviens de la valse musette avant d'avoir traversé l'Atlantique. Les océans.

Je me souviens des gestes orientaux. Arabesques. La main sur le cœur et l'aigle dans les mirettes.

Je me souviens du mamba. Le serpent méchant. Je me souviens de la brousse ce jour-là. Je me souviens des aventuriers comme un sac de billes dans tous les sens. Mamba, tu m'as fixé, tétanisé par la haine. J'ai pensé à Mamie là-bas en banlieue qui voit son petit gars sur un grand écran face au mamba. Les mines du roi Salomon. Je me souviens de mon fils. Le grand. Celui qui aime la musique arabe. Celui qui plane les jambes croisées. Assis au centre de la pièce blanche. Je me souviens de celui qui a été ce que je ne suis pas. Je me souviens de fraternités hasardeuses. Je me souviens de Khaled, chanteur algérien. Je me souviens de Christian. Il m'a fait connaître le cinéma. C'était le Bon Dieu pour moi.

Laisser couler sa main jusqu'au bout du bras. Caresser le sexe de la rivière. Son bord ultime. Sur le dos. Le monde qui file dans la mémoire. Avec ce désir au bout des doigts. Cette soif de toi. Toujours.

Chaleur. Cagnard assassin. Le pommier qui fait l'ombrelle pour deux chevaux qui seront bien plus beaux quand il fera moins chaud.

Couché dans l'herbe. Suspendu dans l'espace. Enfant de la multitude. La rivière et ses yeux d'Ava Gardner. Ma vie, je t'aime. Ma noyade volontaire. J'attends l'impossible de toi.

Je me souviens de Michel Auclair. L'acteur. J'étais son fils. Son fils de hasard. Avant que David arrive. David, c'était le fils du père. Mais l'acteur avait gros cœur.

Elle s'appelle ficelle la mémoire.

Ma fille sur les épaules quelque part en banlieue. Deuil-la-Barre. Retour case départ. Quelques années. Des nuits dans le vieux fauteuil, la main sur le téléphone. Avec Mamie dans son grand lit.

Je me souviens de Maroun Bagdadi. Il est entré dans ma vie comme on dit. Un vrai coup de zinzin pour ce mec-là. Une nuit d'été, la fenêtre ouverte sur Paris paisible, il a décollé pour le Liban. Il y avait la tour Eiffel qui brillait. Il faisait chaud Paulo. J'ai décollé avec lui. Il voulait m'enchanter. J'avais rencontré un enchanteur. Je voyais tout. Avant la guerre. Pendant la guerre. Beyrouth, la terreur. Beyrouth, le bonheur. L'Orient. Les tribus dans les collines. Beyrouth en fleurs. Je voyais tout. Maroun, t'étais un vrai seigneur. Un charmeur sincère.

Je t'ai rejoint quelques mois plus tard. Pour faire l'acteur dans un de tes films. « Le pays du miel et de l'encens. » Toubib, j'étais. Plus libanais que les Libanais. On a chanté ensemble la nuit sous les oliviers autour d'une grande table. On est partis à la guerre. Les ambulances hurlaient avec des gardes armés de kalachnikov. Le ciel était impassible. C'était vrai comme les actualités. J'ai dormi assis avec mon ami druze. Barbu. Formidables souvenirs d'avoir appris. J'ai mangé le foie cru. J'ai bu l'arak. Tard dans la nuit, dans la basse ville. Avec ton sourire. On était heureux ensemble.

Athènes. Chaleur. J'ai les mains qui gonflent. L'hôtel m'accueille comme une caverne fraîche.

Un grand mec vient vers moi.

« Je m'appelle Zouhair, docteur. J'ai fait mes études en Allemagne de l'Est. Je suis libanais. Je suis l'ami de Maroun Bagdadi. Vous connaissez Athènes. Non. Venez, je vous emmène. »

Le grand mec me plaît. Une petite moustache sous le nez.

« Maroun n'est pas encore là. Laissez vos bagages. Partons. C'est la bonne heure. »

Me voilà dans la poussière. Les odeurs d'huile. Les camions déglingués qui cahotent vers le port. Derrière le docteur Zouhair à travers les rues, les cours, les arrière-cours, je fais comme les clébards. Je suis ceux qui m'aiment. C'est l'Orient, mon frère.

« Tiens, regarde ce ferrailleur, c'est un Egyptien, j'en suis sûr. »

Un Egyptien des pyramides, j'y crois pas. Avec une grande pince à déchiqueter de la tôle dans les mains. Le bonhomme ruisselle. Il a une tête sympa, l'Egyptien. Il s'essuie le front. Nous, la main. Beau sourire.

Le docteur Zouhair présente le petit Blanc, échange quelques paroles fraternelles. Il veut que j'entende parler égyptien. Il dit que c'est la plus belle façon de parler l'arabe. Ça chante. C'est vrai. Sans rien y comprendre, la voix t'enveloppe. Alléluia.

T'as glissé dans l'escalier Maroun. Panne d'électricité. Tombé du cinquième étage. On t'a retrouvé le lendemain. Je t'oublierai jamais. Tu te souviens, Paulo d'en bas. Tu te souviens comme il était beau. Paulo d'en haut, je compte sur toi. Alléluia. Maroun Bagdadi, le Libanais.

Le bord intime des rivières, Paulo, c'est un

souvenir d'été. Un tout simple avec l'aventure au bout des champs. Aujourd'hui, on remonte le long d'une voie ferrée. Plus de train depuis longtemps. La nature qui se venge. Qui revient. Qui engloutit lentement. Un jour je viendrai poser mon cul là. Au rendez-vous du poisson peinard. Parce que personne ne l'a jamais posé là son cul. Ou peut-être un renard amer. Toute cette belle viande qui nage et pas moyen d'en croquer. Trop malin le fish d'argent.

Paulo, tu te souviens. A croire que rien ne pouvait nous faire du mal une fois qu'on était là. Une planque à cicatrice.

Des moments formidables où l'homme admire l'homme. Souriante révélation.

Berck-Plage

Berck-Plage.

La plage grande comme la mer avant les bateaux.

Je suis tout petit dans mon lit. Face aux vagues. Fallait me soigner les os. Le dos. Là-haut dans le Pas-de-Calais, l'air est si vif.

Rez-de-chaussée : ceux qui avaient le droit de marcher.

Deuxième étage : ceux qui avaient le droit que la moitié de la journée, le reste du temps dans la coquille, couchés, attachés, pas bouger.

Au troisième étage : ceux qui avaient pas du tout le droit de marcher.

Pas humains, pas tortues. Ou plutôt si, tortues, sur le dos. T'as déjà vu une tortue sur le dos ? Peut plus rien foutre. Plus qu'à attendre le bec de l'assassin.

Mes petits Paulo du troisième, ils attendaient les câlins. Des années là-dedans.

Il y avait des malins qui avaient des parents.

Moi j'attendais Mamie et tout ses cheveux blancs. Elle venait pas souvent. Pas de pognon. Pas le temps. Fallait du temps pour gagner un tout petit peu de pognon.

Elle venait quand elle avait mis de côté pour le train, le samedi, et pour l'hôtel, la nuit.

Ça devait être un vrai sapin de Noël le trajet de Mamie. Des petites lumières comme des traces. La lampe de chevet dans sa chambre. Ma lumière de surveillance au-dessus de mon lit blanc, dans le grand dortoir noir, avec les grandes fenêtres sans rideau grimpant vers le ciel, nourrissant notre tourmente nocturne.

Des grandes flaques de lumières sombres éclaboussaient l'immense prison.

Je guettais Mamie tous les dimanches. De la fenêtre, je matais la guérite avec la barrière qui se soulevait pour les bagnoles. De là où j'étais, toutes les grand-mères se ressemblaient. Fidèles. Grises dans le lointain.

Même le dimanche.

Mamie qui voulait plus de la vie pour elle. La voulait que pour moi. Avec son grand sac rempli de choses magiques pour le petit dans ses draps blancs. Réalité et séduction.

Fallait que Mamie ait du chagrin que je sois là. Mamie c'est Maman. Mais j'ai jamais dit, je vais réussir pour Mamie. J'ai jamais dit, je vais réussir.

J'avais même pas envie de devenir un type bien.

Il y avait des Paulo formidables. Des garçons de rien du tout qui portaient leur souffrance, solitaires. Quelquefois le fond du cœur immergé comme un dauphin.

C'est tellement loin. On s'aimait. Urgence. Passeport obligatoire pour la vie.

Le dortoir des petits mendiants. Un gros cœur qui a peur dans le noir. Avec des fantômes. Des sorcières partout. Des trucs qui te font chialer de l'intérieur. Tu dis rien. L'autre, il est comme toi. Perdu. Sans vraiment savoir s'il existe autre chose ailleurs.

Ça court déjà après l'amour, après l'image du corps des filles.

Des choses qu'on sait être là, mais qu'on n'a jamais vues. Et qui font battre la poitrine. Tu brûles déjà. La vie te prend tellement que t'oublies. T'oublies la souffrance.

Je me souviens de Louis. Il avait neuf ans, Louis. Tu lui filais un coup d'oreiller sur la tête, il avait une fracture du bassin. Une maladie des os. Un truc de fou, quoi ! On avait nos lits ancrés côte à côte. On prenait les mêmes temps. Quand ça lui plaisait pas, j'étais le premier à le savoir.

Imagine, Paulo.

Deux petits gars ficelés comme des saucissons dans une coquille de plâtre. Parce qu'il paraît que plus longtemps tu restes là-dedans, plus t'as de chances de guérir.

Ça dure des années et des années.

Tu penses qu'à te barrer.

Les infirmières, elles jouent au père Noël tous les jours.

Quand je pense à elles, aux infirmières, je m'incline, Paulo, je m'incline respectueusement.

Parce que le docteur il dit ce qu'il faut faire mais il le fait pas, lui.

Ce sont les infirmières qui te torchent le cul, qui ferment la lumière. Qui restent un moment dans le noir.

Qui te balancent un rayon gamma de l'image de maman.

Encore des petites lumières.

Celles des villes qu'un train traverse, la nuit, ramenant Mamie vers son destin solitaire. Loin de son futur voleur de pommes, foutu humain.

Celles du taxi déjà parti.

Mamie, foutue vie. La vieille a un gros cabas. Faut la saluer. Dès que je remue la mémoire, te voilà. Quand tu me poussais dans la ville. Quand tu poussais mon chariot d'allongé peut-être pour la vie. T'étais déjà grise. Moi je cramais du dedans.

La mer était verte troublée. Il y avait du vent.

Quelques pêcheurs là-bas au loin, dans le fracas des vagues.

Je gueulais.

Déjà.

Tu poussais pas assez vite. De temps en temps je soulevais la tête. Pour voir la vie. Je mettais mes mains derrière la nuque. Ça me faisait des ailes à la place des oreilles. Je tirais la tête comme une pauvre tortue.

Je voulais voir les vagues. Souvenir d'une petite tortue avec de grands yeux verts. Perdue dans les dunes du Pas-de-Calais.

Avec un soleil de merde à l'horizon. Un soleil à te filer le bourdon. A te faire demander si t'es vivant.

Un soleil qui arrive pas à faire péter les nuages. On dirait une lumière derrière le rideau de douche du grand barbu.

Faut aller voir la mer à Berck-Plage, Pas-de-Calais, dans la baie d'Authie.

La baie d'Authie, c'est comme une cathédrale ouverte aux vents, ouverte à l'espace où les eaux des terres et du ciel s'éclaboussent sans cesse et se balancent des bouts de lumière avec des verts sombres et des verts clairs comme un cul de bouteille.

Vas-y.

Passe le temps. Je suis revenu faire la plonge dans un restau. Une brasserie. Sur la place à côté de la jetée. A côté de la mer. Avec des chanteurs, des chanteuses, le samedi soir. Je me souviens des paillettes et des bas raccommodés. Mon chef c'était un gars du Nord. Un petit mec. Sec. Clair. Légèrement usé. Boxeur. Amateur.

Après le boulot il m'emmenait dans un hangar perdu en dehors de la ville. Il avait la clé de l'énorme cadenas, refermait derrière moi, allumait la lumière. Un ring. Avec une ampoule nue au-dessus. Quelques bottes de paille à chaque coin. Une vraie planque.

Premier combat, j'ai pas fait long feu.

Une pêche au bout de trois minutes. Une gentille pourtant.

Fini la boxe.

Ça allait bien avec la mer. Avec la jetée, avec les dunes et le phare. La rue principale, les danseuses au milieu des frites, le vent qui venait de la mer avec des paquets de sable. Et puis tous ces mômes dans les rues, dans des lits à grandes roues, les mains derrière la tête, à observer le monde.

Nous vivrons toujours

Le temps a passé. Beaucoup. Des mois. Des années. La boxe, c'était loin. Pas tant que ça. Toujours à la recherche du style, de mon style. Toujours à la limite du K.-O. Tu le sais bien, Paulo, que c'est pas du bidon.

Jamais mis personne K.-O. Mais je tombe pas. Je vais jusqu'au bout. Enfin, jusqu'à maintenant.

Un jour, le doc des dents m'a présenté Mendy. Je me retrouve en face du boxeur noir, et boxeur évidemment. Magasinier, à la limite du chômeur. Gracieux. Aérien comme dirait Mamie. Le port de tête au-dessus du feuillage. Tu vois, Paulo. Concentré et souriant. Le rêve. La grâce. Avec sa femme d'amour. Gazelle africaine. Plein pot dans le sourire. Simples.

Nom de Dieu, la belle image.

Un pain dans les dernières secondes du Championnat de France avait mis fin à la fulgurance de Mendy. Maintenant il voulait revenir. Il voulait devenir champion.

Ça lui va bien ce mot-là, champion.

Moi je me suis mis à rêver pour lui, l'oncle Phil aussi. Le doc des dents en était sûr. Mendy deviendrait un champion. Mimi le Brésilien hochait la tête.

Direction Echirolles. Banlieue de Grenoble. C'est bon la route avec l'oncle Phil.

On s'arrête. On boit le café comme si on était sur la highway du bout du monde. L'Auvergne, c'est le Kilimandjaro. L'oncle Phil marche à ce truc-là. Le dépaysement forcené. Moi j'aime confondre. Tout confondre. Alors c'est le kif, la route avec l'oncle Phil. Au bout, il y a Jean-Baptiste Mendy. Mendy qui veut reprendre le titre.

Il y a le soir qui balance un coup de bonbon rose, derrière Grenoble. Il y a les feux des bagnoles. Il y a de la musique américaine. J'ai vu un cow-boy qui attendait son tour à Texaco. Des hôtels à cent quarante balles avec des façades comme les cartes postales de Louisiane.

Mendy dans la lumière. Je t'admire. Toi et tous les boxeurs du monde.

Faut savoir qu'il y a de la souffrance là-dedans, un gros paquet de souffrance. Boxeur. Terrassier. Mineur animal humain, pourtant. Tout à la fois.

Silence dans la faïence usée des vestiaires. Comme un con devant celui qui va y aller. Lumière qui roule sur les gueules. Sans ombre.

J'aime pas la boxe. J'aime les boxeurs. Gladiateurs poussés par la famine. Tu m'as fait planer. Ces quelques derniers jours, je me suis senti proche de toi dans le bourbier de la vie. Chef des rockers. Le plus modeste des boxeurs. Je veux pas que tu aies mal. Pourtant ça sera comme ça.

Tous ces rêves d'urgence. Tous ces gestes sans cesse répétés pour en faire le geste.

Le geste parfait. Celui où tout le corps participe à ce seul geste fulgurant qui jaillira et mordra comme le serpent.

Avec une implacable logique. Une absence de sentiment.

L'autre, celui d'en face, c'est ton frère. Ton adversaire de douleur, de bravoure. Vous deux savez. Seuls dans la lumière.

Aller toujours plus vite.

Accrocher les lampions de la survie.

Se transformer en bûcheron.

Abattre l'arbre humain.

Rasta nom de Dieu! Belles âmes boxeurs!

Rayonnante innocence. Je ne suis plus le même.

J'ai traversé le monde des saints. Vous êtes des saints.

J'écris pour les mêmes raisons que vous. Sauf que moi, y'a que mon cœur qui a pris des coups.

On a prié chacun de notre côté. Je te le jure. Mendy, y'a des fois, t'es terriblement loin. Ton sourire nous colle à la peau.

Ça me colle à la peau.

Jamais un boxeur n'a refusé de mieux boxer. Travaille. Gamberge. Instinct.

Quand tu prends un pain, tu réfléchis à la façon de ne pas le reprendre la prochaine fois.

J'ai vécu l'attente, mystique. L'effacement.

J'ai appris à respecter l'adversaire. J'en ai vu pleurer dans l'ombre alors que leur fils venait de gagner. Je crois en toi, Mendy.

Un jour tu m'as dit, je ne fais pas de la boxe pour donner des coups. Je fais de la boxe pour les éviter.

Danse, Mendy, danse.

Swing mon frère.

Mendy tout droit dans la lumière.

Les gamins se mordent la lèvre. Voudraient bien que Mendy, l'archange noir, soit le champion ce soir.

Voudraient du bonheur.

Rêvent tous de devenir Mendy. L'oncle Phil tient pas en place.

Ça sent le tabac et la bière.

Mendy, fais pas le con.

Te jette pas dedans. Réfléchis. Cherche bien le gars. Prends pas des coups à vouloir être le courage. Peut-être bien que si la vie t'avait donné que du bon, tu serais pas entre les cordes ce soir. T'as le droit de pas être d'accord. Comme je tiens à ton estime, d'accord boxeur. Si t'étais né dans les beaux quartiers, tu serais quand même là.

Angel émerge de l'ombre.

A la frontière de la lumière du projecteur. Observation lointaine de l'adversaire.

Gros plan sur le regard.

Il t'a vu. Il t'a vu et je te jure, d'un seul coup, il s'est rendu compte que tout ce qu'on lui avait dit dans les vestiaires et ailleurs, c'était du bidon. Il a vu que t'étais pas fini du tout, que t'avais peut-être jamais été aussi bon, que c'étaient des conneries de tous ces enfoirés qui se prenaient de la fraîche sur son dos, que Mendy immobile là-haut sur le ring, il était affûté comme un champion.

Sans frime. Je te jure. Il m'a fait peur. Déjà dedans. Angel.

Lui il venait d'un pays où les enfants c'est pas les cigognes qui les apportent mais des affamés qui les déposent devant les portes pour qu'ils aient un meilleur destin.

Alors, tu penses bien, il était pas venu pour perdre.

Y'avait sa femme, petite femme perdue au milieu d'un clan sombre. Des moustachus qui se parlaient à l'oreille. Avec des grandes mains de paysans. Des mains arbres. Discrets. Inquiets.

La foule.

Là-haut, dans les projos, vos deux regards l'un dans l'autre. Absents de tout autre projet.

Houari l'entraîneur. Je l'aime bien Houari. En survêt sous les projos. Il enjambe les cordes. Sort des projos.

Y'a plus que toi, Mendy. Et lui, Angel. Le Calabrais. L'indestructible. Il est venu quatre fois.

Quatre fois Mendy t'as gardé ta couronne.

Quatre fois Angel est reparti à vide.

T'imagines, Mendy, que ce soir il est pas venu pour te servir de sparring-partner. Il veut te la piquer ta couronne.

Il veut retourner chez lui champion. Il pense à sa femme, à ses petits. Vite. Peut-être à une vie meilleure.

Y'a l'arbitre. Il ne servira qu'à vous décoller,

épuisés, à vous accrocher l'un à l'autre pour souffler. Misérables secondes. Fausses éternités.

On s'est croisés du regard sans que tu me voies.

T'étais déjà ailleurs.

Gong. On lâche la vapeur. La foule pousse ses champions.

Faut savoir attendre. Laisser passer les coups qu'arrivent gros plan, vitesse T.G.V.

Faut pas avoir le pied mal posé.

Faut pas avoir le mal de mer.

Faut éviter le coup qui visse, qui vrille, qui te laisse ouvert, le temps que l'autre t'achève.

Plus près dans les lumières, perdus dans les premiers rangs, les anciens cogneurs sont là.

Attentifs.

Bûcherons pensifs. Les coudes sur les genoux. La tête dans les mains.

Tous ces coups, toute cette sueur de douleur, tous ces kilomètres dans une caisse, à rêver qu'on deviendra champion. Qu'on aura une vie normale. Putain, Paulo, le courage qu'il faut !

Y'a qu'à la télé que ça cogne au ralenti.

Y'a des banderoles avec ton nom Mendy.

Y'a toute l'Afrique des banlieues qui a le cœur qui bat.

Phil qui marche de long en large dans un carré pas si long, pas si large.

Il tient pas en place. L'émotion, vieux compagnon.

Dis, Mendy, si un jour tu deviens champion du monde, on ira là-bas? Dis, de l'autre côté de la mer?

Ils se sont flingués en pleine lumière, siècle après siècle, cloche après cloche. Cœur en avant. Plus là. A eux. A eux seulement. A pousser tout le corps dans le poing sans basculer.

Angel, c'est pas un client facile. Tu t'es dit, attention!

Je l'ai vu dans tes yeux.

T'as dansé et lui suivait en avançant.

Avec tes cannes d'enfer, faut être une gazelle pour danser avec toi.

Angel a fait humble.

« Je danse pas, mais je reste dans la lumière et j'avance, Mendy, j'avance, je te jure. T'es balèze mais je vais trouver le truc.

« T'entends, Mendy, moi aussi, je suis un champion.

« Tu me fais mal, mais faut que je rentre à la maison avec cette foutue couronne. Mendy, malgré tous tes coups, je pense encore. Je suis pas sonné. Mais j'ai mal. J'ai mal nom de Dieu. Sûr.

« Je me suis pété la main sur toi. Mais je te lâcherai pas, Mendy. »

Mendy, c'était pas sûr que tu gagnes. J'ai eu peur pour toi. Angel, il a été jusqu'au bout.

Toi t'as repris la main. Je l'ai vu à ta gauche que tu as laissée tomber le long du corps comme les chats quand ils ont la distance.

Mendy danse. Angel avance. Corps à corps. Souffrance. Ta droite jaillit comme un trait. Angel tremble. Mâchoire brisée.

Ton pas en arrière pour laisser Angel récupérer.

C'est bien toi, Mendy ! Sûr que des gars qui laissent souffler l'adversaire, ça court pas la vie.

La foule explose. Electrique. Une femme se mord la lèvre. Pas de plaisir.

Houari, derrière les cordes, concentré. Toujours le même conseil. « Te jette pas ! Te jette pas ! Laisse venir ! Ajuste ! Te jette pas ! Laisse venir !

Il sait que t'es fier. Que t'aimes quand c'est beau. Ça te fait prendre des risques. Tout ça dans les lumières, les acclamations, le sang et la sueur.

Les anciens hochent la tête. Bon signe. Connaisseurs. La déglingue du public qui demande la mort. Un vieux lève la tête vers les connards. En colère le vieux. Honteux pour eux.

Angel pouvait pas revenir. Il est pas revenu. Trop de souffrance. Abandon. Il pleure.

« Ce Black il est fort. Faut que je revienne un jour. Putain pourtant je le connais, quatre fois nom de Dieu, quatre fois je suis venu. Il m'a pété la mâchoire, je me suis pété la main sur lui. Qui m'a dit qu'il était fragile ? »

Y'a foule sur le ring.

La femme d'Angel s'essuie les yeux. D'où on était, ça a duré une éternité.

J'attends au vestiaire. Des balèzes gardent les couloirs. Les vestiaires c'est comme la garde à vue. Faut plus bouger avant le contrôle. Tu te poses des questions cons. Mon pote, est-ce qu'il va avoir envie de pisser ?

Mobilier sommaire, toujours genre garde à vue. La douche est chaude, c'est toujours ça. La peinture des murs est pas neuve. Enfin les serviettes sont blanches, ça donne le change.

Faut retirer les gants. Doucement.

Faut défaire les bandelettes autour des mains.

Faut défaire la sculpture.

Faut tendre les doigts libérés.

Tendre la main.

Ouvrir lentement la paume.

Après tu mets la tête en arrière contre le mur.

Hé boxeur ! Tu revois le combat ?

Fatigué. Pourtant faut aller pisser dans la bouteille. Voir si t'as pas pris de la came. Toi, si j'étais juge je te ferais jamais pisser dans la bouteille. T'es trop fier.

Houari boucle son sac. Il refuse le champagne. Il ne boit que de l'eau. Faut qu'il prenne le dernier train. Y'a les frères, les cousines, les cousins et puis le petit fan-club de Mendy.

Ils ont fait le chemin de vachement loin pour être là.

Demain c'est le boulot. Faut aller au dodo. On s'embrasse. On se serre la main. Photo. Pas bidon. Y'a de la chaleur. Y'a de l'amour et puis un peu de bonheur.

Houari a dit tchao, le sac sur le dos.

Mendy l'a suivi du regard.

Cette nuit, je marche à côté de toi, champion. Au milieu de l'avenue. A Levallois. Quand j'étais môme, c'est drôle, je passais toujours là. C'étaient des petits bistrots, des calanques de terre ferme, des rues tranquilles avec des bagnoles sans roues qui continueront à se faire désosser selon les besoins. Des terrains vagues, des potagers, le lopin, la petite baraque pour les outils.

D'un côté Paris, et de l'autre un bras de Seine avec des péniches qui filent vers le centre de la terre, vers les rivières. Les lumières de la ville neuve éclaboussent la nuit sous la pluie.

Hey, roule, le train, t'occupe pas des signaux. Fonce tout droit. Traverse-moi l'âme. Bouleverse-moi. Tout est beau dans ma mémoire. J'ai fait pousser des fleurs sur la merde. Vivre. Comme l'océan au milieu des bruissements. File, le train. File sur l'eau sous le soleil cicatrice d'argent.

Les dauphins comme des virgules profitent de la vague pour faire des gammes.

Dominique

Dominique il a cramé. Il s'est consumé dans sa braise. Il a explosé. On s'est trop séparés. Pour se les raconter les choses de la vie. On s'est perdus. Jamais retrouvés.

Petit gars, mon petit père, voilà l'heure bizarre où je pense à toi.

Notre vie.

Palpiter. Comme l'oiseau dans l'azur qui lutte contre le vent. Pour lutter contre ton charme. Fraternité. Frère oublié. Tu reviens dans ma mémoire. Malice.

Dominique il est mort à l'asile. Avant l'asile, avant la mort, il habitait un petit pavillon à Cernay. Dans le Val-d'Oise. Avec sa Mamie et tous ses cheveux blancs.

Il y avait son père aussi. Silencieux. Tardif le soir. Des fois pas là. On savait pourquoi. C'était son petit bonheur caché. Sa planque. Sa vie d'homme. Gros chagrin. Veuf. On parlait jamais de maman. Mais elle flottait partout autour de nous.

Dominique c'était mon petit frère. Mon sucre candi. Mon seul ami. Quand j'avais le blues de la toile cirée avec du monde autour, je me planquais chez lui.

Sa Mamie avait les yeux bleus. Ceux de la mienne de Mamie y sont plutôt noisette. Quand tu regardes plus profond, ça frissonne, comme le dos d'un écureuil.

Ça me faisait chaud d'être là. Dans sa maison. Avec la télé. Noir et blanc. La carafe d'eau. Les rideaux.

Et puis Cécilia. La sœur. Ses fesses. Canon. Je m'en faisais péter les plombs. A me les inventer. Nues.

C'était mon secret.

Sauf pour la Mamie. Elle voyait bien que j'avais pas toujours les mirettes dans la lumière.

En douce, quand elle débarrassait la table, je plongeais dans l'ombre. Pivotant tel un squale de pacotille en quête d'une proie, suffisamment loin de moi pour maintenir le regard assez haut. Juste aux hanches. Comme dans les films italiens.

La présence de ses seins rendait impossible mon amour. Car elle était fière de ses seins. Evidemment, Paulo. Pas touche, gamin. On devient vite des mômes dès qu'elles ont des seins. J'ai faim. Rien que de l'écrire. C'était ma glace à la vanille, cette fille.

C'était la frangine de mon petit frère. Je voyais déjà la famille.

On se quitterait jamais. Je me marierais avec elle. On resterait là dans la maison, toute la vie.

Il y avait le jardin potager. Des légumes rampants pour faire la soupe des gens modestes. Couleurs arabes. De la citrouille à la courgette. Les haricots courant vers le ciel. Ali Baba. Des fleurs au hasard. A même la terre. D'autres en pots. Des arbres fruitiers comme des gosses qui prendraient jamais l'air.

La grand-mère tricotait sous le tilleul.

Le ciel derrière, qu'on inventait africain, derrière les cabanes à lapins.

Savoir ce que tu penserais de tout ça. De tout ce remue-ménage. De ma vie qui fait du bruit. Souvent du bruit pour rien, je sais bien. De tout ce remue-ménage indécent.

Tu faisais dans le genre discret. Avec un beau sourire de temps en temps. Comme une fleur sombre. Quand je dis fleur sombre, je pense au chat qui fait semblant de faire le chat qui rôde. T'avais une belle âme. J'étais celui qui traîne sa blessure comme une trahison. J'étais ton jaloux. Ton ombre, quoi.

On était mal barrés nous deux. A cause du chagrin qui nous pompait le paysage. On a décidé de le foutre sur le papier, le chagrin. De se balader dedans. De le laisser agoniser au milieu de la page.

Avec les mots, on savait. Va te faire voir, écrivain ! On écrira.

On avançait dans la nuit. Face à face. Même table. Machines à écrire comme des locomotives fumantes. Lumière ampoule sans abat-jour avec le fil qui pend sur nos têtes. Africains de nuit.

Au fond du jardin potager, la savane, la jungle, le bord du grand fleuve.

Têtes baissées. Inventer sur le papier blanc.

Inventer notre vérité. L'éclat de nos inventions. Nous étions les maîtres d'un royaume bouleversant qui battait enfin au rythme de nos cœurs. Les mots. L'émotion des mots. La sourde roue du fleuve. New York. Inventer la vérité dans les images télé. Les magazines bidon. Les cartes postales du voisin. Chavirer.

Nous chavirions ensemble.

C'était ma vie chez lui. La nuit. Epuisés au petit matin. Pas pouvoir dormir. Peur d'éteindre la vie.

Alors commençaient les conneries.

J'avais une vieille bagnole pour venir de banlieue. Je la garais comme je pouvais à Saint-Germain-des-Prés. Oh yeah !

J'avais le désir de la femme qui me bouffait le ventre. Je priais Jésus et tous ses saints de m'en filer une. D'en caresser une cette nuit à tout prix. Je serai gentil. Je le jure. J'ai cent balles.

Je calcule, le père, je calcule. Faut que je sois un peu bourré pour oser.

Comme dirait Paulo, les gonzesses, tu picoles pour leur causer, tu picoles pour les oublier. Oh yeah.

Je vais voir mes potes jazzy. La taule est pleine.

Y'a le grand Luigi contrebassiste à qui j'avais piqué la mobylette quand j'étais petit, enfin moins grand que lui.

Y'a des belles gonzesses qui rient avec des mecs qui sont contents.

Y'a Combelle à la batterie.

Certains soirs ils étaient tous là. Les bons, les moins bons et puis les pointures. Les touchés par la grâce. Les inspirés électriques. Les pour la gamberge. Les autres pour l'instinct. Toujours le cœur, Paulo. Vrai, t'as raison. C'était beau de les voir. En costard pour jouer le soir.

Dans les projos, y'a Maurice le pied-noir. L'ami des écrivains qui n'ont pas encore écrit. J'y suis.

C'est la pause. On dit quelques conneries sur le trottoir. On dit bonsoir à ceux qui passent. C'est peinard.

Y'a Dominique qui croise avec une super nana. Je te jure, Paulo. Pas besoin d'être affamé. La grâce. Divine.

Elle m'a souri parce qu'elle était bien avec lui. Ça m'a filé un blues de chien.

Je me tape direct un verre qui traîne au hasard. Je me dis. « Tu vas rentrer tout seul, Paulo. Ton pote est parti vivre le grand amour. Et toi t'es qu'une loque. T'as vu l'heure ?

« T'as le sourire narquois du mec qui prend du recul dans le mauvais sens. Et plus tu te fous de ta gueule plus tu vas le prendre mal. Tu sais bien que t'es léger sur l'humour. C'est pas vraiment ton truc. Quoique. »

« Comment vous appelez-vous ?
Mimi.
Vous aimez ici ?
Non.
Alors pourquoi vous venez ?
Je suis pas d'ici. Je ne connais personne.
Comment vous me trouvez ? Pas beau, hein ?
Si. »

Je sais pas si elle se fout de moi, mais comme ça me fait plutôt plaisir, je lui dis merci.

« Pourquoi ? me demande-t-elle.

Vous pouvez pas comprendre.

Si. »

C'est la première fois que j'ai pas envie de rentrer tout de suite avec une fille. Je lui prends la main. Je sais que j'aurai pas à lui demander de venir chez moi. Je suis bien, et je sais pas pourquoi.

On arrive à la caisse. Je frémis à l'idée des délices. Plus loin dans la campagne. Avec la petite Mimi.

Ma bagnole. Mon petit lit d'amour. Avec tout ce désir qui me barbouille, qui bafouille. Tu vois ce que je veux dire, Paulo, d'avoir le corps comme une anguille. Y'aura que la lune derrière le pare-brise qui fera comme si elle voyait rien.

Moi je veux tout voir de Mimi. Son petit zizi. Son algue corail. Je veux passer ma main sous son pull. Je veux mes mains partout. Je veux que mon ventre explose. Je veux qu'elle soit bien.

J'ai le coup au cœur.

Dominique dort sur la banquette arrière. Comme un ange. Il sourit comme la fille qu'il tenait par la main. Qu'est-ce que je fais de Mimi ? Qu'est-ce que je fais de lui ? Dominique, tu me fous tout en l'air. Je te jure, Paulo. Je suis fait aux pattes. Faut que je le ramène. Faut qu'il dorme chez lui. Faut pas qu'il disparaisse dans la nuit.

Trop fragile.

J'ai fait câlin avec Mimi. Y'avait la lune. Y'avait Dominique un peu plus loin. Largué sur la colline.

Avec Mimi c'était plus pareil. J'ai pas vu grand-chose. Y'avait de l'émotion. Mais on a pas eu le temps de prendre le temps.

On a tout fait n'importe comment. Dominique regardait la lune pourtant.

Les années ont passé.

Dominique est parti dans les campagnes. Le soir tard. Offrir la Foi. Vendre la bible. Par tous les temps. Je l'imagine. Ses longs cheveux comme un poète russe. Sous la pluie.

Dans la solitude de l'arpenteur des âmes. Le long des falaises.

Avec la mer comme une pieuvre noire en bas.

Le voilà à courir les rues dans son grand manteau, à prêcher la Foi à grandes enjambées. Avec du tam-tam dans les oreilles. Grand rêveur d'Afrique. De prières en prières. Oh yeah, Dominique.

Avant les bibles, il plantait des fleurs pour la municipalité. Jardinier dans le Val-d'Oise.

Il plantait des pensées et des rosiers.

Pour oublier le désert. Souvenirs d'un voyage dans le Sud marocain.

Ça lui a fait péter les plombs. Pas bidon. Décroché. Parti sur le radeau. L'air de rien.

Je vends des bibles. Je plante des pensées et des rosiers.

Ce frangin, Paulo d'en bas, Paulo d'en haut, c'était le bonheur, l'image blanche dans l'horizon.

Rock end roll

Petit jour. Les pigeons boivent l'eau dans les rigoles. Le long des trottoirs. Fait pas chaud. J'ai pas chaud. Le cul posé au bord d'un fauteuil déglingué. En vieux cuir marron bidon. J'arrive pas à prendre la pose cool de celui qui se barre encore une fois. Je me barre, sûr !

Y'a le camion devant la porte. Le camion et la DS. Elle a tellement cartonné la DS que les quatre portières sont d'une couleur différente. Terne. Pas de laque bien sûr. Peinture de base. Comme le ciel. Immobile le ciel. Comme les maisons de la rue. Avec les trous noirs des fenêtres. Petit jour. Avant que Paulo se rase derrière sa fenêtre, dans la lumière de la lampe, au-dessus du lavabo.

Je me souviens que la moquette était usée. Très bien tout ça. J'allais rien rater. Vivre chaque seconde du voyage. A la vie. A la mort. Partir loin.

Etre l'étranger qui mendie dans les bars. Inventer des histoires. Des quais. Des cargos chromos. Etre un chasseur d'émotions. Un chasseur de lanterne bleue. L'alcool. Ou bien les sports violents. A se faire mal au corps pour oublier. Ou bien se faire exister encore plus fort. Rideau sur l'enfance. Elle s'enfonce sous l'eau. J'appelle l'enfance avant que la quéquette bande. Se tende.

Il fait froid dehors. Cet hôtel pourri, c'est un palais. Si aujourd'hui je chante pas bien le blues, un jour mon prince viendra, je te le jure, Paulo, je saurai le chanter.

Richard Blues. C'était mon nom de scène. Le manager trouvait ça super. Ça sonnait bien qu'il disait. Je chantais comme une gamelle. Je chantais une vague histoire de mec qui picole parce que sa gonzesse s'est tirée. Pour se faire tirer. Le mec voulait bien qu'elle aille ailleurs. Mais qu'elle revienne, sa petite gonzesse, sa petite frangine sans qui la vie devenait abstraite. Le chagrin n'est jamais bien loin. *You no my frind. My bébi chize go wisse anoser man and am drink everi naït everi daize.* Voilà ce que je chantais toute la nuit. Toutes les nuits. Le jour aussi.

Le manager était sapé comme pour la parade. Un vrai manager comme dans les magazines. Mais moi, du haut de ma vie de presque rien, je savais bien que j'en savais plus que lui. Lui, il était sûr de me faire marron. Il a perdu. Chanter le blues pour cent balles, petit déjeuner compris, c'était le paradis.

Il voulait se faire passer pour Ali Baba. Il avait réussi sans le savoir. Il courra toujours pour donner l'impression d'être, sans savoir qu'il a déjà été.

Paul-Jean ne veut jamais aller jouer. J' se suicide tous les soirs à la même heure. A l'heure de jouer. On le tire du lit. On lui fait gerber ses cachets. On le traîne par les pieds à la douche. Impossible de se passer de lui. Il joue super.

Y'a Bobby paniqué. Il a pas trouvé de laxatif. Fragile du bide, le Paulo. Peut pas jouer.

Jean-Claude, l'archange, le petit prince saxophoniste. Doué comme le poil des chiots pour les caresses.

Il neige sur Turin. Les putes partent au boulot. On se regarde dans le fond des yeux. Chacun va faire son show.

Si Mamie me voyait. Elle comprendrait pas. Ma Mamie. Elle comprendrait pas que j'aime ces gens-là. Que j'ai besoin de vivre dans des couloirs mal éclairés avec le son d'un sax qui viendrait du fond de la pièce du bout. Que j'ai besoin de pousser la porte. De m'asseoir sur le lit pourri. Que j'ai besoin de la voix de la petite pute qui dit : A tout à l'heure, faites pas les cons ! Comme dans une vraie maison. Que j'ai besoin d'être cassé de fatigue dans une caisse comme si j'étais chanteur de blues. Comme si j'étais le meilleur. Celui qui a le plus souffert. Celui qu'une fille splendide attend quelque part. Le jour où il saura chanter le blues.

Pour l'instant, c'est Alan Jack Civilisation Band. Un vrai groupe à qui il ne manquait que le talent commun. Chacun en avait. A sa façon. Alors on jouait tous ensemble chacun de notre côté. Pour la pêche on était le plus grand groupe du monde. Fracassé de kilomètres. Avec des filles dans toutes les villes, des blessures comme des contes de fées.

Toute la nuit on a joué devant deux mille personnes. Dans un entrepôt boîte de danse.

Ça nous arrivait la magie. Rarement. Mais sûr, y'a des fois on était magiques. C'est pour ça qu'on restait ensemble. Pour ces moments-là. Où nous étions naturels avec la musique. Où le bonheur d'être ensemble nous donnait des gestes. Attentifs à ce qui pouvait soudain s'exprimer. Notre vrai cœur sans masque. Juste un peu de malice comme le miel qui dégouline des babines de l'ours, là-haut, dans les montagnes. C'est vrai l'ours déconne. C'est pas sympa de piquer le miel. Ça se fait pas. Mais il est tellement gourmand. Tellement.

Garder des forces. Pas tout foutre à ronger le frein. Tu sais cette grande montagne entre ce que tu es et ce que tu veux devenir. Moi je voulais chanter le blues. Je voulais être le plus grand. Dans les bars. Les dortoirs. Les champs. Les poubelles. Je voulais être le plus gentil. Malgré tout. Je savais que pour ce truc-là, chanter le blues, fallait casquer. Cher. A cause de la vérité. Le blues, faut pas qu'il mente. Même s'il a du charme. Faut qu'il soit dans le vrai. Dans le vrai du vrai. Ou peut-être bien aussi dans le vrai du rêve. Avec le petit prince on parle souvent de tout ça.

Où t'es, petit prince ? T'avais un beau son.

Tapis volant

On avait foutu la caisse sur le train. On était restés dedans. Moi au volant.

Comme le train s'est barré dans l'autre sens, on s'est retrouvés comme des princes arabes derrière la baie vitrée tirés par un truc qui devrait pas dérailler. Théoriquement.

Panard. Voir par-derrière. Ne plus être tendu vers l'avant. Recevoir ce qui se passe. Ce qui s'éloigne. S'enfonce. C'est le paysage qui s'enfonce. Plus toi qui enfonces le paysage. C'est reposant. Incroyablement.

Voir la nuit qui tombe sur le monde en s'éloignant. Nabab on était. Il faisait très froid dehors. De temps en temps, j'allumais le moteur pour faire barrer la buée. Pour faire chaud dans le nid ambulant. Quand le train se tapait des courbes, t'avais qu'à tourner la tête. T'inventais un train traversant une vallée.

Le petit prince faisait ses gammes sur la banquette arrière.

Bobby se demandait s'il allait trouver un laxatif.

Paul-Jean s'endormait de temps en temps.

Toujours après les insultes. La vie, les femmes, la musique. Il disait, si j'étais beau, elles la trouveraient belle ma musique ! Salopes !

Ta gueule ! j'ai crié. Les femmes, c'est pas des salopes. C'est des anges. Imbécile ! T'es trop con ! Brosse-toi les poils du cul. Sois présentable une fois dans ta vie.

Musique cassette. Son pourri. Ray Charles. La voix du nègre dans la caisse DS qui roule sans que les roues tournent. Rock and roll. Comme un requin rose. Amour toujours. Qui s'envole sur la plaine kidnappant ton âme vers des presque riens de villes jamais vues. Le paysage se compose. Nouveau. Tout s'additionne. Pas comme dans l'autre sens. Dès que tu t'enfouis dans une image, elle est déjà barrée.

Ray Charles, vas-y, Paulo. Tu nous donnes du cœur. Dis-moi que cette montagne elle ressemble au sexe des femmes. Dis-nous quels effets ça leur fait quand le vent vient se foutre dans les rayons. Chante pour les garennes en auto. Blues négro, blues blanc de peau, c'est kif-kif bourricot.

Dehors, c'est la nuit noire. Y'a les projecteurs qui balaient la foule. Ferveur. Chico a les baguettes en l'air. Il les fait tourner dans la lumière. Donne le tempo à l'américaine. One two three. Au quatrième temps, juste dedans, le petit prince attaque le thème. Magique. Transmutation. Sa main gauche posée sur le sax comme sur la hanche. Pas là où ça se courbe. Là où on sait que ça va se courber. C'est beau. Bobby a trouvé c'est sûr. Il n'a jamais aussi bien joué. Paul-Jean, livide, se laisse embarquer. Et moi, chaotique. J'avais abandonné tout rêve de gloire, tout rêve de fortune, pour nager avec mes Paulo dans une mer immense. Petit prince s'envole. Bobby aussi.

J'ai la hanche qui bouge à peine mais je la sens, nom de Dieu. Je sens bien mes amarres.

Ma voix, j'ai rien à faire, elle va peinard.

Elle s'est détachée du mensonge. Pas de mensonge ce soir. Les projecteurs balaient la nuit noire. Ferveur. Amour toujours. Un même cœur. Dieu, on est tes petits gars ce soir. Y'a les haut-parleurs qui balancent de bonheur.

Eteins la télé, dit Paul-Jean, ça me file le cafard.

Chacun de notre côté, on voyait le même

film. En allumant la lumière dans la bagnole, ça s'éteint sur le pare-brise. Rideau.

Le concert a été minable. Déjanté. La voix. Je l'avais foutue au milieu du paysage. Plus un brin. Plus rien. Que du bidon. Du forcé. J'ai pris un journal qui traînait dans la coulisse. Pleine lumière. J'ai lu le journal devant deux mille personnes. Pendant que mes Paulo faisaient n'importe quoi. Eperdus de chagrin d'avoir encore une fois été abandonnés par les dieux.

Il neigeait toujours sur Turin. A l'hôtel, un peu de bonheur. Les filles avaient fini leur boulot. Autour du radiateur électrique, comme un brûlot, elles se frottaient les mains. Les mains, des petites putes d'autoroutes, glacées comme des bouts de papier froissés, comme des oiseaux brisés. Blues.

Sur le parquet usé, elle me demande si je veux danser. Elle a de tout petits seins. Moi ça m'émeut, les petits seins. Elle tout entière m'émeut. Elle a fait les gars dans la neige à la sortie de l'autoroute. Il y a quelque chose qui vit fort dans son corps. Elle me dit que j'ai de beaux yeux. Je lui réponds que je préférerais avoir une belle voix. Elle me serre en me disant qu'un jour j'aurai les deux. Salut, petite pute dans la nuit.

Paulo, je voudrais retrouver mon innocence. Par innocence, j'entends aimer vraiment l'autre. Le broyer de bonheur, croire en lui. Carcasse ambiguë, je suis.

Bon Dieu des Bluesies Repentis, crois pas que je sois parti. Non, crois pas ça, Bon Dieu des Bluesies Repentis. Je suis parti parce qu'il y avait une musique qui venait de là-haut, très haut dans la montagne. J'ai voulu noyer mon chagrin éternel. Bonjour les dégâts. Tu vois, Bon Dieu des Bluesies Repentis, m'en veux pas. Je pense à toi. Mais je reviendrai pas. On ne se quitte pas. T'inquiète pas, je m'endormirai pas. Dernier couché. Premier levé. Je serai ton garde du corps. Garde-moi bien, Bon Dieu des Bluesies Repentis.

Je veux pas retourner là-bas. Je ne veux plus me perdre. Je veux creuser ailleurs. Assez tourmenté. Je veux lutter debout. Je trouverai toujours le temps d'aller traîner du côté des voies ferrées.

Compagnons d'une idée commune. Le temps se barre à toute allure. Pas possible de faire seul. Faut trouver des Paulo. Des Paulo flambeurs. Des petits gars de la marine. Des grands voyageurs.

T'as la grâce rock'n'roll. T'es beau comme

une gamelle. Un vrai camion d'amour. Tu peux mettre des violons. Romantique. Pas trop. Six cylindres turbo.

La route balise, balafre, incandescent espoir d'être immortel, quand tu tournes rond Rock'n'roll. Vieux blues. Vieux rock tordu. Je finirai bien par savoir te chanter. Faut que j'engrange encore. Que je revienne de toutes les aventures. De tous les dangers. Faut que je reste en amour. Comme les sapins là-haut. Fringués blanc. Mémoire cristalline. Remontée du temps. Rembobinage diabolique. Y'a des gros trous. Y'a des petits trous. De temps en temps ce sont les gros trous qui font le trou. D'autres fois les petits trous font plein de petits trous. C'est pas plus fastoche. Il y a des fois, je me souviens de tout. D'autres fois, j'oublie mes blessures, je les recharge volontairement pour que tu voies bien que j'en ai chié, comme toi.

Musique. La valse bleue. Le musette, nom de Dieu ! Faut qu'il ait de l'âme. Du cœur simple de gamme. Faut bien sentir la hanche sous la main. Laisser aller fermement. Avoir l'air de rien. Le musette, c'est le blues du nègre blanc. De celui qui se fait mettre en l'air par une belle caisse. Un matin encore dans la nuit. En sortant d'un bistrot du port. C'est le blues des femmes blanches usées. Qui regardent passer leur vie.

Séduire la lune. Des chants de loups, des chants à perte de champ, des chants à perte de vallée, d'océan, des chants de sang dans des champs d'oliviers, des douleurs qui tressaillent en un peuple entier.

Je pense au canard à qui j'avais coupé le cou pour que ma gonzesse revienne. Une vieille coutume. Faut le faire.

Rocky la Gamelle

Vince fait le pilote de chasse dans le fond de l'autocar. Il a trouvé un casque dans le genre Buck Danny. Les deux mains sur des manettes imaginaires, il canarde les ennemis de l'Amérique.

Vince, il avait l'air de s'en foutre que ça marche plus. La veille on avait fait un quart de salle. C'était la fin. Il reviendrait pas, Vince. Tu me diras, Paulo, il était déjà loin. Il pilotait toute la journée au fond de l'autocar. Je suis resté deux ans avec Vince. Première partie. Je chantais le blues du petit Blanc qui peut pas se passer de sa woman. Et Vince voulait faire prier la salle.

Vince c'était Rocky, Rocky la Gamelle, la louse. Il avait allumé les lampions plein pot. Marchait à fond de cale. Et puis plus rien. La came. Dieu. Le vide.

Swingue notre frère là-haut. Mythologie haut de gamme : la route, la salle vide avec l'écho de la voix qui revient comme une boule de neige.

On a gravi la première pente qui conduira aux neiges éternelles du blues universel.

Celui qui donne des ailes.

Y'avait Bobby qui dormait sur mon épaule. Il grince des dents. Jamais vu un mec faire autant de grimaces en dormant.

Bobby, il avait joué avec Johnny, tu te souviens, Paulo. C'était le batteur fou. L'Anglais aux quatre cymbales. Rare dans le rock'n'roll à cette époque-là.

Il pleut autant à l'intérieur de ce foutu car qu'à l'extérieur. Le long de la vitre et puis de chaque côté des joints. Comme dans un lit humide toute la nuit. On avait l'air de merles mouillés.

On s'était pas beaucoup parlé depuis le concert. On le savait que Vince Taylor c'était fini. Mais putain, c'était drôlement triste de le voir se barrer de la tête comme ça.

Va falloir le descendre de son avion.

Dès qu'on avait le dos tourné, il redécollait.

Le rocker, il bougeait drôlement bien, Paulo. Pas beaucoup de voix. Mais un putain de tempérament scénique. Avec une belle gueule de mec de la rue.

Chapeau, Paulo. Abattu en plein vol. En vrille. Fin de la voltige.

Nous voilà en panne sous la pluie. Le manager va chercher du secours. On le remercie comme des petites vipères. Il prend son sac et nous regarde comme si on n'allait jamais se revoir. On l'a vu longtemps marcher droit devant lui. Il a disparu dans la brume.

J'ai bu une bière. Bobby aussi.

Vince est descendu de l'autocar en disant qu'il allait se promener, faire un peu de sport. Il s'est mis à courir sous la pluie.

On l'a retrouvé deux mois après. Vers Dijon.

Sur la route une bagnole s'est arrêtée. Il est monté sans rien demander. Absent, sûrement. Comme souvent.

Le gars dans la bagnole, il en revenait pas. Vince Taylor dans sa caisse. Vince Taylor, c'est Dieu. Son Dieu.

Le mec pète les plombs, embarque le rocker chez lui, l'enferme, lui monte de la bière, lui fait sa bouffe et le regarde vivre à n'importe quelle heure du jour et de la nuit. Il veut rien rater de la vie de son Dieu.

N'empêche qu'avec Bobby on trouve le temps long. On tape un carton avec le chauffeur. Lui, il a pas bougé son cul. Il garde l'autocar.

Sheppard dort. Il est beau ce con-là. Il joue bien de la guitare. C'est pas un bavard. Mais un bon compagnon. On partage la même piaule dans les hôtels.

Avec Bobby on décide d'aller au-devant des secours à la recherche de ce maudit manager. J'ai rien dit, mais l'image de ce mec en train de prendre son sac s'obstine dans mon crâne de piaf. Aucune vraie raison de le prendre, si ce n'est celle de pas revenir.

A voir ma tête, Bobby me demande si je lui cache rien. Non, rien, je te jure. C'est la pluie. Je me jette à l'eau, c'est le cas de le dire. Elle est vieille celle-là. Je raconte l'histoire du sac.

Il est devenu fou, Bobby. Il s'est mis à courir. J'ai suivi. On est arrivés droit sur un passage à niveau. Sombre pressentiment. On a filé le long. On est tombés sur la gare. Un guichet perdu. Un quai désert.

Bien sûr, nous a dit le gars. Bien sûr que j'ai vu votre type. Il a pris le train.

Bobby a regardé l'horizon comme Henry Fonda dans un film de Sergio Leone. Le côté implacable, pas pressé.

La vie a repris le dessus. Fallait pas laisser Sheppard. Vince devait se faire du mauvais sang.

Erreur. Vince buvait de la bière les pieds sur

la table en face du feu que son kidnappeur lui avait inventé. Au dernier étage d'une tour, dans une banlieue, près de Dijon. Dieu vivant. Paulo voulait plus le lâcher.

Voulait lui refiler sa femme, qui voulait pas.

Vince regardait le football à la télé.

Dehors la vie continuait.

La flingueuse

Je suis mort deux fois, Paulo, tu le sais
bien.

T'étais venu me chercher à la sortie du tun-
nel. J'avais l'haleine qui puait la matière plas-
tique. Ils m'avaient foutu un tube dans la gorge
pour que je puisse respirer. Deux fois je suis
mort. Deux fois mes potes m'ont jeté dans la
cour de l'hôpital. Ils avaient appuyé sur le bou-
ton urgence. Ils s'étaient barrés en courant
dans la nuit. Merci, mes Paulo. Sans vous j'étais
cuit. J'aurais plus rien vu de la vie.

Comme la neige qui vole, comme les mains
dans les poches, comme les yeux clairs qui
passent dans la lumière, comme la jeunesse,
comme rêver à l'Afrique, comme rêver à la
façon dont j'en rêvais.

Il pleut. Les essuie-glaces peuvent pas tout
faire. Paulo d'en haut, Paulo d'en bas, faudrait
que je trouve les mots. De l'incroyable douleur

d'être et de le savoir. Ne rien pouvoir renier du plantigrade.

Avant la came, j'aurais déjà fini cette page. Maintenant il faut que je cherche le turbo dans cette foutue poubelle. Le turbo magique qui récupère l'énergie morte et lui refile vie en s'accouplant avec la base. Le truc qui tourne sans anabolisants.

La came, Paulo, quand t'en sors, t'es mal habillé pour toute la vie. La veste est trop grande, le pantalon trop petit. Mais t'es drôlement content d'être en vie.

Un soir, j'avais ramené un dealer. Un gars que je connaissais. Que j'aimais bien. Un gars qui en prenait. Niqué. Il en vendait pour en avoir. C'était plutôt un gentil. Tout petit dans son imper sous la pluie.

Je vivais avec Dexter. Un sax magnifique. Un mec épatant. Un nègre d'azur. Il était en manque. Moi aussi.

Dans la chambre, le dealer était resté dans l'ombre. Dexter était de dos. Il s'était même pas levé. Même pas retourné.

Ça planait bas dans la piaule. Le moral au zéro. Le petit Blanc, le grand Négro. En manque à l'entrée de la nuit. Faut le faire. Et puis faut le dire ce qu'il a dit Dexter avec une voix qui venait des pompes : *Negros always taste it before.*

Alors tout est allé vachement vite.

Je me retrouve avec le paquet, que le dealer me fout dans la main d'où la grande pogne noire vient le choper.

Il vide le paquet entier dans la cuillère. Ça bout avec deux bouts d'allumettes. Il serre le garrot. Shoote. Se rate une fois. Enchaîné. Juste un petit temps mort quand il s'est loupé.

Le dealer immobile tend une pauvre main pour avoir son blé.

« Il la trouve pas bonne ! Y va te bouffer ! Y va te jeter par la fenêtre. »

Il a peur, il est pas encore complètement sûr qu'il a raison d'avoir peur. Il insiste. Y dit qu'il veut pas se laisser couillonner. Un paquet à cinquante sacs, il peut pas s'asseoir dessus. Le grand nègre de dos qui bouge pas, moi comme un enfoiré qui montre la fenêtre entrouverte, l'air de dire qu'il pèserait qu'une plume à se faire balancer. Il se barre à reculons. On se verra demain. C'est ça. Je lui fous la porte sur la gueule. Je l'entends qui se barre.

Je me retourne vers Dexter. « Vraiment t'es pas sympa. Je vais me geler pour trouver le lascar. Je prends les risques. Je suis mal. Et toi, tu te balances tout. Putain, c'est trop con la vie. »

J'en chiale. Lui, il sourit genre clavier des anges. Il me tend la shooteuse. Elle est rouge de son sang. Il a pompé. Aller et retour virtuose. Tu balances la moitié de la dose et tu repompes tout de suite. Le sang remonte la pompe et se mélange au reste. Cuisine du diable. Enfer absolu.

J'ai posé la flingueuse. Dexter balance en allumant son clope : *You're a real little half negro now*. Allusion à son sang que je venais de me balancer. Une petite moitié de négro. Me voilà beau, je lui dis, t'aurais pu me demander.

Y'avait pas la télé. La musique venait d'une autre piaule. Le sax brillait sous l'abat-jour jaune. Deux taureaux flingués, couchés sur le dos.

Après, je me suis barré à New York. Prière glacée. Prisunic de lumières où les vendeuses hagardes trient la viande, les soutiens-gorge, les pastilles pour dormir.

Cernées par les marchands de came, cernées par les yeux cernés des marchands de came frigorifiés qui soufflent dans leurs mains.

Rapaces qui te repèrent, t'emboîtent le pas comme un danseur mondain, quelques mètres, puis te quittent pour un autre client. On se sépare. Après qu'ils t'ont souhaité bonne chance, dans le genre va te faire enculer.

Ailleurs les humains ont la prière. Ici, c'est les académies de billard pourries, les taxis déglingués qui courent comme des rats jaunes. Harlem brûle Varsovie. L'île de Pâques.

Avec la came, c'est fini de jouer à cache-cache avec son chat dans les bois. C'est le vilain grigri qui te prend la tête. Etre sorti de là-dedans, quel panard ! Plus que moi et la vie. Tu sais, Paulo, moi, quand j'ai décroché j'avais que dalle. La piaule chez Mamie. Et Mamie. Mais qu'est-ce qu'elle y pouvait. J'avais dépassé le stade de la peur.

J'étais flambé, percé de partout. J'avais vendu mon âme. J'ai senti que cette enculerie allait me piquer la vie. Halte-là !

Tous mes Paulo avaient fini couturés comme des nounours à la morgue de Bercy. J'allais marcher dans la combine. En crever.

Alors j'ai balancé le matos. J'ai changé de trottoir.

Je me suis planqué chez Mamie. J'en ai chié. J'ai chaviré des heures, des nuits entières dans la sueur puante des toxines. Je me suis tordu dans un énorme trou sans fond. J'étais seul dans les ténèbres. Jamais plus je ne rencontrerais un autre vivant.

J'étais damné.

Tue, tue, casse les voiliers et les beaux jours. Casse l'espoir. Tue, dit le mec dans sa résidence secondaire en mocassins vernis.

Je veux du blé. Je veux le blé de la misère. Je veux tout le blé de la terre. Je veux toute ma vie boire le café sur la terrasse face à la mer avec un beau costard différent pour chaque heure du jour et de la nuit. Je m'en fous que tu tues, came sorcière.

Je veux le blé de la jeunesse et du désespoir. Gros chiffre d'affaires. Je rends service, je débarrasse des nases. Un petit voyage, juste un petit voyage, et c'est fini la vie.

Ils baiseront plus nos filles.

Ils écriront plus la nuit.

Ils rêveront plus jamais.

Ils rentreront dans le troupeau des errants.

Plus de dents à vingt ans.

Petit Paulo, petite nana, touche pas à ce truc-là. T'inquiète pas. Aucun grand secret magique derrière tout ça. Que de la merde. De la souffrance. D'agonie en agonie. De mensonges en mensonges.

Ta vie fout le camp sur le dos.

Paulo, petite nana. Ecoute pas les séducteurs, c'est du pipeau.

Ça me fait froid dans le dos, de savoir que tu

pourrais y croire. Si tu touches ça, cette poudre de malheur, t'auras toujours des crottes dans le nez et de la merde dans le fond de ta culotte.

T'auras plus ni père ni mère. Tu les voleras. Tu les ruineras. La poudre prendra possession de toi. Tu seras fourbe, délateur, embobineur. En sueur. Avec des souffrances terribles.

Voir ton meilleur ami mourir dans tes bras et te dire. C'est trop con, c'est trop con.

Barre-toi. Quitte-la. Tu vois j'ai tout niqué. Je regrette.

Rends-moi service. Laisse-moi crever. Tire-toi.

La forêt d'Emeraude

Abidjan. Aéroport. Je descends la passerelle.
Les mains noires qui prennent le passeport.
Grosse misère. Sauf le sourire qui fait péter le
clavier. Des senteurs. Poivre. Essences brû-
lantes. Odeurs humaines. Sueur.

Tu prends tout dans la gueule. Tu sais que
t'oublieras pas. Les douaniers qui jouent aux
officiers prennent leur temps. Le temps de faire
monter en toi ce foutu sentiment qu'on est bien
loin de chez soi et qu'il vaut mieux fermer sa
gueule.

Il se fout de toi. Calmement. Sans laisser de
trace.

Faut pas frimer.

Un jeune mec vient vers moi. Il s'appelle Eric.
Il va me conduire au camp. Deux heures de
route. On réussit à se faufiler sans trop frôler.
Rien n'est innocent. Rien n'est vraiment bon
enfant. Je suis monté dans la caisse.

La route toute droite. Des formes bleues dans la nuit. Qui se baignaient dans les rivières. Les marais. J'étais éponge. J'aspirais.

On meurt toujours inachevé. Pas fini l'humain. Découvrir l'Afrique. Etre un putain de sympathique Serbo-Croate pilote d'un avion peint avec des taches comme les girafes, fou amoureux d'une volcanique danseuse de tango. Embarqué par son brûlant désir, sa passion ibérique, à la recherche du fils de Tarzan dans la forêt d'émeraude.

Là-haut, à la cime des fromagers, que du vert. Pas de bleu, pas de blanc au travers. Une bulle, comme un aquarium. Tu es derrière la vitre à l'intérieur et un géant te regarde. T'es un élément exotique. Putain, Paulo, ça fait drôle d'être rien à ce point. Pas plus respecté que la fourmi.

Au fait, énorme la fourmi.

Afrique, t'es ma rêverie intense.

C'est le soir. Tout est rouge. Les grandes barques passent la barre. Le vent fait flotter les boubous. Les femmes protègent leurs yeux du sable.

Mamie t'es si loin. T'inquiète pas. Y'a pas gros danger. Y'a que de l'émerveillement.

Dès que tu coupes, ça repousse. Y'a tous les verts. Y'a que du vert. Des sculptures, des feuilles transparentes. Ça ruisselle. Ça transpire.

Je crie le nom de mon petit gars. Ça résonne jusqu'au fond de la forêt.

Incroyable dégringolade qui vient du ciel, de là-haut, de la cime des baobabs géants.

Il paraît que les éléphants les appelaient maman. C'est Paulo qui dit ça.

Au large, plus loin, une fleur solitaire. Une fleur émouvante et vénéneuse. Désirable.

Un petit boa est passé devant moi. Cette fois, c'est vrai.

Une nuit, j'avais vu un bébé éléphant. C'était pas vrai. J'avais trop bu.

Je voulais tellement le voir cet éléphant. Tu comprends, Paulo. Tu comprends, toi.

Mais cette fois, le petit boa, c'est vrai. Je fais rire mes potes Blacks en leur disant que Mamie, elle n'en reviendrait pas. Mes gamins, c'est bien con qu'ils soient pas là. C'est mieux que dans les livres. Faut choisir, c'est l'école ou l'aventure. Pour l'instant c'est l'école.

Moi, je croise un boa et mes gamins, très loin, sont à la récré.

Papa recherche le fils de Tarzan au fond de la jungle. Papa fait joujou.

Y'a la route balafrée. Pété le béton. Raccommodé. Y'a des grands arbres brûlés comme des traits de fusain. Y'a le soleil au fond, sanguinolent. Bientôt, des ombres de femmes, des ombres d'hommes. Des visions.

On avait quitté la ville. A peine vue. Mauvais sentiments. Abidjan. La mort qui passe. Tous ces routards, tous ces soiffards. Toutes les gazelles urbaines. Eblouissantes. Dur, la poésie. Je la savais la misère.

Un bout d'Afrique loin de la ville. Fallait du vrai rêve, des vrais fleuves, des vrais humains dans de vraies pirogues. On a traversé un vrai village.

On s'est retrouvés devant une barrière. Avec un gardien. Patatras. Le beau rêve qui fout le camp.

On longe l'océan. Y'a des grands cocotiers éclairés par la mer. Brusquement des réverbères. Voilà le campement blanc. Eau courante, télé. Première bière pour noyer le chagrin. A la troisième, je décide de le vivre et d'y repenser souvent. Piscine eau douce, eau de mer. Il fait chaud. Il fait nuit.

Avec Alain, on refait le monde. Il me console.

Demain, on part dans la brousse. Je ricane. « Ils ont dû repeindre les cases pour les repérer plus facilement du haut de l'hélicoptère. » Je suis amer, avec tout ce monde sur la piste de danse, face à l'océan. Ça en jette. Lumières naturelles de la nuit. Lumière électrique. Plus loin la barre d'écume. Grondement régulier. Presque humain.

L'odeur sauve mon rêve. L'odeur de l'Afrique. Entre le lagon et l'océan, le grand camp des petits Blancs qui se reposent sans serpent. Exotisme. Petit frisson garanti. Et moi je suis dedans. Comme les copains. Cocktail de fruits, banane dans le cul.

Je vais le jouer à l'écart. Je vais prendre mes distances. Etre odieux tout de suite.

Un blaireau, une vraie camomille, voilà ce que je suis. Moi qui voulais l'Afrique. Je suis dans un putain de club de vacances. La jungle sans l'hépatite. L'ivresse avec des fleurs dans les cheveux. Goût monoï. A jouer l'aventurier.

Fallait que les fleurs saignent.

Fallait que les lézards deviennent crocodiles.

Fallait qu'elles deviennent toutes des reines de Saba.

Fallait que je m'imprègne, que je m'imprime.

Fallait que je ruisselle.

Fallait que je déchire les flots verts de la piscine d'eau de mer.

Derrière les barrières, je la sentais dans la nuit.

L'Afrique, c'est loin. Y'a toujours du soleil. Le soir tout est rouge.

Le matin on va se laver dans le fleuve. Il est grand. Il va loin. Les lions sortent de la forêt. Il y a des milliers de fleurs. Elles sont de toutes les couleurs. Les hommes en font de grands bouquets. Les déposent aux pieds d'un vieil homme. Puis ils vont se cacher. Ils n'ont pas le droit de regarder. Leur fiancée se cache sous les fleurs.

Le vieil homme donne le signal. Les hommes doivent reconnaître leurs fleurs. Si les fleurs qu'ils choisissent cachent leur fiancée, c'est qu'ils sont sincères. Ils peuvent se marier.

Il y a des grands bateaux blancs qui descendent le fleuve. Les hommes se reconnaissent. Les femmes se font de grands signes. On échange des cadeaux. On se met en rond autour d'un grand feu.

Tout le monde chante. Les lions font les basses. Les petits oiseaux multicolores se cachent dans leurs crinières. Ils les attrapent en prenant garde de ne pas les écraser et les embrassent à grands coups de langue.

Le roi des lions est très fort. Il a beaucoup de petits enfants. Lorsqu'il est très tard, tout le monde se couche.

Les femmes laissent les fleurs à leur porte.

Des milliers d'oiseaux viennent dormir dedans. Le matin y'a des bouquets qui dansent dans le ciel.

Les jeunes mariés vont se baigner tout nus dans la rivière. Les hommes montent travailler sur la montagne.

Du village, on les entend chanter.

Emmène-moi dans le village, là où maman est née. Là où le léopard dort dans les bras du boa. Où les femmes ont des robes qui ressemblent à des soleils fous. Elles nous feront des signes de sous leurs ombrelles faites de plumes de paon. Et les messieurs qui les tiennent par le bras nous feront des sourires d'ivoire en nous montrant du doigt le cimetière des grands éléphants.

Emmène-moi dans le village, là où maman est née, là où papa est un sage.

« Je peux pas faire plus vite, dit Alain. Ce foutu camion avance pas. J'en profite. Y'a pas de lion ici. Et les mecs, y chantent pas en montant travailler sur la montagne.

« Je ne vais pas t'emmener dans le village là où maman est née.

« Je vais t'emmener aux portes de l'Enfer. »

Il rit.

« Tu choisiras. Pas vrai, Isaac ? »

Isaac, l'acteur nègre. C'est mon partenaire dans la jungle. Bien calé contre la portière, le soleil à travers le pare-brise lui fait éclater le profil. Il est beau. Il est griot.

« Je vais t'emmener là où je suis né. A Tréche-ville. »

Alain grimace. « Tu vas voir, c'est pas de la tarte ce bled. Il vient de loin, le père. »

Isaac sourit. C'est Aladin, ce mec. Il a le sou-rire dévastateur. Tu comprends, Paulo. Isaac, c'est une merveille. Comme Mendy.

Toujours un bout de prière au fond des yeux. Une espèce de fièvre de vie.

On est bien sur la banquette de ce foutu camion. Tous les trois. On longe le lagon.

Une pirogue file sous la pluie. Il y a la jungle qui défile. Avec les grands arbres.

Il y a bien un lion derrière tout ça.

« Eh non », dit Isaac.

Sur le cul. Il a lu dans mes pensées.

« Je t'avais prévenu, balance Alain. C'est un griot. »

J'insiste pas. J'y crois au griot. J'y ai toujours cru.

« C'est où les lions ? »

Il me montre l'horizon. « Plus loin encore. Ici, c'est des flics marrons, les lions. Tiens les voilà. »

Sur le bas-côté de la route. Faut s'arrêter. Dis-cuter.

« Quand je donne le pognon, faut pas regarder. Cool.

« Hé, hé, comment ça va ?

« Ça va !

« Où vous allez comme ça ? Ah ? là-bas, han, han ! »

Alain lui file son permis. Il a glissé un bifton dedans avant de s'arrêter. Le flic se recule pour chercher la lumière. C'est du pipeau. Il a vu le bifton. Il cherche l'ombre. Une convention. Jamais de face. Ça mouille tout le monde.

Trécheville

Trécheville, c'est pas de la tarte, Paulo. Pas de mystère, le père. C'est la misère. Avec la came. La dure. Celle qui regarde pas du côté de la savane.

Harlem d'Afrique. Le seau à merde de la grande ville. Y'a pas de nom aux rues. Pas de noms d'oiseaux ou de fleurs. Des numéros, Paulo.

Au centre, un grand marché. Y'a des tissus de toutes les couleurs. Le vent les gonfle, fait flotter les chemises et les robes.

Des jeunes gens hument l'étranger, disparaissent dans l'ombre et réapparaissent plus loin. Une petite porte dans un mur. C'est la maison d'Isaac. Enfin, Paulo, pas vraiment une maison. Plusieurs maisons entourées d'un mur. Une seule entrée, une seule sortie. Cette foutue porte.

Y'a la maison des parents. La maison des

parents des parents. On laisse pas les vieux tout seuls. Et la maison des enfants. Enfin une maison, je veux dire deux pièces. Une pour dormir. Une pour manger. Au plafond, un foutu énorme ventilateur.

On a salué le cousin qui se sentait pas bien. On s'est assis sur un vieux banc. On a parlé. Comme ça, l'air de rien, de la vie et de son contraire.

Il faisait chaud.

Un arbre au centre des trois maisons. Un arbre qui avait dû connaître des jours meilleurs. Enfin un arbre quand même. Avec du vert. Clic-clac.

Calme. Une île.

Derrière la porte, la poussière à longues enjambées. Les marchands de tout. Les voleurs de rien.

Des mamans avec un bébé devant, un bébé derrière, comme des bateaux au milieu de la mer en colère. Des hommes immobiles. Gardiens d'espace. Solitaires. Des murs de soie, de coton qu'il faut écarter des deux mains.

A chaque pas, être frôlé. Frôler à son tour, perdu au milieu de la cotonnade.

Avec des odeurs de marmites et des bouts de musique.

Vingt femmes enrubannées devant vingt

machines à coudre marque Singer, à faire glisser les étoffes sous vingt aiguilles qui swinguent dans leur court espace.

A côté de chaque femme dort un bébé. Une clairière, alléluia, un chien dort dans un coin.

Le gros ventilo tourne là-haut.

La rue. Tu sens que tout peut péter. A chaque instant. Dès que la nuit rend les ombres vivantes. C'est le royaume du furtif. Avec ceux qui ont un peu. Ceux qui n'ont rien.

Une marmite d'âmes en sursis.

Le néon qui balafre le cul des filles qui rient fort.

Isaac fait la gueule. Il joue le rôle du négro qui montre un avion du doigt en criant : Avion, avion. Je lui dis que je le fais aussi. On rit.

Y'a Alain qui palabre, qui a l'air de connaître depuis toujours à l'instant. Y'a des vélos, des Toyo déglinguées qui cahotent dans la nuit. Le ciel est suspendu. Rien ne bouge là-haut. Sinon le souvenir de la reine de Saba. Qui swingue sur de la musique américaine. Et moi je m'y crois.

Tu sais bien comment je suis, Paulo. Je marche à l'exotisme réaliste. Dur boulot. Deux Blancs, un Noir, dans un coin tout noir. Faut marcher à l'amour. Faut marcher au respect. Des fois ça sauve. Tu comprends, Paulo. Y'a les odeurs. Ça fout l'âme à l'envers. Le trottoir plombé par la lumière des néons, des fois plus bas que la chaussée, comme une vieille dent qui se serait pété le plombage.

C'est la nuit. Tu me manques, Paulo d'en haut. Elles t'auraient aimé les gazelles. Y'en a bien une qu'aurait chanté rien que pour toi. Avec ta belle gueule balafrée. Accident de bagnole.

Dans ton film je faisais un poulet. Un dur avec les enflures. Un flambeur. Un mec largué. Insomniaque. Grande classe de la planque. Un furtif qu'on croit n'avoir pas vu. Un gars à chagrin, bluesy.

Je mate. Les tout petits trucs. Les presque riens. Des petites infos de merde. Des pieds, des doigts de pieds, des mains, des doigts de la main. Le regard, l'œil, la bouche, les dents des gars qui sortent des bars, les filles, le corps à l'ombre, le visage dans la lumière. Comment le rire s'arrête.

La came qui court de main en main à l'ombre des hanches qui se frôlent. Des presque riens, Paulo.

Ça me vient d'avant, quand j'étais camé.

Fallait toujours se planquer. Changer d'endroit. Respirer fort avant de croiser cet enculé de dealer. De mon temps comme dirait Paulo, les dealers prenaient pas de la came. Ils vendaient, basta. Des enculés.

Le petit pépère obligé de vendre pour avoir sa dose, c'est un autre truc. Quand tu connais cette saloperie, faut pardonner.

Fallait que je sois malin, drôlement malin. Ça développe pas que des bons sentiments, la chasse à l'homme. Ça rend bizarre. Observateur comme disait Mamie quand j'étais petit.

Tout ça me remonte à la gueule sur le trottoir à Trécheville.

A la recherche du grand fleuve, la nuit.

Abîme immobile. Une nuit comme un siècle. Avec toute l'histoire du petit Blanc émerveillé. Afrique émerveillement. Un autre se lève en toi. Un homme d'avant. Dans une histoire sans différence.

Au loin, comme des ombres chinoises, des grands éléphants font semblant de se doucher avec leur trompe pour faire rire les enfants qui dorment.

Afrique. A voir ta misère. A sournoisement l'accepter. Découragé. Brisé.

Les grands lions chasseurs de neiges éternelles. Girafes convalescentes. Gazelles agacées. Hyènes faux derches. La savane. L'ami africain. Polygame. Petit garçon devant ses deux femmes. Vie africaine. Inlassable. Eternelle. Chaque jour. Avec des couchers de soleil comme des flaques qui barbouillent le ciel.

Les enfants dorment au bord du grand fleuve. Les feux font briller les yeux. On mange du poisson. On dit qu'on s'aime avec les mains, avec les yeux. On dit vite tout. On dit son bonheur d'être là dans la nuit africaine. Son bonheur humain. Son bonheur animal. Les gestes se suspendent, gonflés d'amour sensuel dans l'air femelle.

Afrique ! Moi qui suis fou de tout. Du très visible au presque rien, tu m'as chopé l'âme comme dans les bouquins. Tu marches dans la brousse comme y'a mille ans. C'est la machine à remonter le temps. Tu croises des serpents, des méchants.

Alain m'emmène. Il veut me présenter à un chasseur de serpents. Un vrai, un Blanc, perdu là depuis vingt ans. Y'a une grosse cloche à la grille, enfin la grille, une pauvre porte déglinguée, passage obligatoire dans une espèce de mur troué entourant une baraque de travers. Un bout du premier a glissé au rez-de-chaussée. Avec comme horizon, toujours, ce putain de ciel flamboyant.

Le gars est venu vers nous. La chemise sortie d'un côté. On voit son ventre rond et son nombril. La main gauche gratte le poil. La droite s'occupe de la canette de bière. Voilà le chasseur de serpents qui a perdu ses cheveux.

Foutu Crocodile Dundee.

Alain a de la malice plein l'œil. Il me mate pour voir si je respire bien la scène. Si je bouffe bien l'instant. Rien à craindre, Paulo. J'ai le turbo. J'en perds pas une miette, de l'odeur, de la couleur des yeux du mec. Il nous montre un hangar à l'écart. « Ils sont là, vous pouvez y aller ! Faites gaffe. Foutues bestioles. »

Il repart vers l'ombre, les jambes écartées comme un gros scarabée.

Alain passe devant, ouvre la porte du hangar. Nom de Dieu ! Dans des cages avec des barreaux serrés, secoués dans tous les sens, des serpents énormes, avec des cornes, crachent leur haine en se projetant tête en avant.

J'ai peur. La haine de ces vipères. L'odeur. Les yeux. Et ce cri sombre comme le ventre en bois d'un bateau qui sombre. Je suis en sueur.

La haine fait doubler leur tête de volume. Une tête de chienne. Plate. Avec un pif. Une espèce de museau diabolique qui remonte vers le haut, la gueule soulignée par un trait noir comme du rimmel. De chaque côté de la corne, les yeux du diable. Aucune rédemption. Des yeux comme des huîtres. Troubles comme aux grandes marées.

Y paraît qu'un soir d'orage, Crocodile Dundee s'est foutu les boules. Il a cru qu'elles avaient pété leur cage et qu'elles le cherchaient. La bière, plus l'orage, plus les vieux cauchemars, pépère il a passé une mauvaise nuit au milieu des hurlements du vent et des vipères à cornes.

Le désert

T'imagines, Paulo ? Jouer les héros. Sans trop de bobos. Même odeur, même couleur, même ivresse.

Oui, Paulo, je peux dire, je me suis planté avec mon zinc en plein désert. Les Touaregs m'ont sauvé.

Je t'entends ricaner rigolo. Oui, je transcende. A ma façon. Sûr. Mais pendant quelque temps, j'ai trouvé la paix, dans l'exaltation.

Agadès qui s'endort. Agadès qui se réveille. Petit jour africain. Les poules picorent sans bande-son. Y'a des Noirs en uniforme. Agadès perdue au milieu des sables. Agadès la bleue.

A cinq heures à la porte d'Agadès. A la porte du désert qui balaie la piste. Entouré de gamins qui tendent la main. Des petits malins comme les tiens. La misère qui grouille. C'est gai. Clic-clac fait le photographe pas japonais. Dans le genre : *Allez loin. Prenez la température des alizés. Parfum. Revenez sidérés.*

Le gros camion-citerne. Les gros zincs des rupins saoudiens.

Dès que tu sors du hangar, t'as déjà du sable dans le passeport. Tu voudrais que tous tes Paulo vivent ce moment-là.

Bobby, c'est le plus petit. Alors forcément y'a des moments cruels. On flâne pas. On trace. Bobby assure sans rien dire.

Y'a Mimi. Mimi le Brésilien. C'est le road. Le mec qui fait des trucs qui nous emmerdent. Il le sait. Tout droit, Mimi. Les questions à côté ça fait belle lurette qu'il se les est posées. Rien à cirer. Ou peut-être des fois mais c'est jamais grave.

Y'a Phil. Il voit des beaux trucs. Il fait semblant que ça le touche pas. Faut aller le chercher. Un mec bizarre. Un mec d'enfer. Un vrai frangin. Jamais une plainte. Quand tu grattes y'a que du cœur.

On se barre avec une équipe. On dit qu'on sait ce qu'on va faire alors qu'on en sait rien. On va trouver. Tous les deux. On ne peut pas trouver l'un sans l'autre. Tu sais, Paulo. L'idée, ce truc tout simple. Mais qui te fait péter les coronaires. Pas parce que c'est formidable. Parce qu'on a trouvé. A deux. Nous voulons la même chose. Tout et presque rien.

Etre ensemble à la porte du désert. Ça fait partie du tout. Du plus foudroyant à vivre avec le frangin.

Bobby l'Arménien, je suis son rocker. Phil c'est son dauphin. Il voudrait tous les océans pour lui. Des montagnes d'or. Il sait pourtant qu'à Phil les montagnes d'or lui brûleraient les doigts et qu'il redistribuerait large. Genre Monte-Carlo. Tapis vert. T'arrives en grosse caisse à vingt heures et ressors à cinq plombes du mat par la porte de derrière quand c'est pas les éboueurs qui te ramènent à leur cantine.

Phil et moi, c'est vrai, y'a des fois on joue aux nababs. Mais comme on y joue tous les quatre et que ça nous éclate, chacun accepte son truc. On a la banane.

Dans la nuit du plus grand désert du monde. A des centaines de milles d'une ville, d'un village, d'un hameau. Tout est fantôme. Tout est fantôme bleu. La voûte céleste t'emporte. Aventure interplanétaire comme marcher sur la Lune. J'en suis sûr.

T'es sur la Terre comme au Ciel. T'es l'espace. T'es comme c'était avant.

Les étoiles filantes dans tous les sens. Là-haut. Le Bon Dieu a flanqué le feu à sa barbe.

Le sable t'engloutit.

Le grand désert balance, royal, un coup de vent qui t'accélère le bulbe rachidien. Te met en pièces lorsque t'hésites devant la carte postale.

Le vent du désert interdit la raison. Fout la fièvre.

Y'a Papy Georges. Papy Georges c'est mon beau-père. Le père de ma blonde. Planté dans le désert. Soixante-dix ans. Comme des printemps. Cet homme, c'est de la tendresse partout. Dans le regard, dans le corps.

Au bord de la mer, il nage pendant des heures. Il s'éloigne du rivage. Comme pour faire une bonne blague. Malicieux. Un vrai merle. C'est mon ami fou.

C'est Papytoufou, et moi c'est Patapouf. Patapouf et Papytoufou sont dans le désert.

Papy Georges est l'ami d'un jeune Touareg qui voulait tout savoir du monde. Vous étiez beaux à voir. Toi Papytoufou flamboyant d'amour de la vie et des petites gens. Incontournable guide du parfait humain qui passe la vie au-dessus du sol. Et lui touareg. Tout juste vingt ans. Vingt ans de désert. Heureux d'avoir trouvé un Blanc aux cheveux blancs qui prenait le temps. Le temps de l'aimer. Le temps de partager la connaissance.

Je vous regardais de loin. Les flammes du feu vous rapprochaient. Le nid en plein désert. Romantique Papytoufou. Emerveillé de ce voyage inespéré au milieu d'une vie de labeur. Il est devenu l'ami de la tribu. L'homme qu'on respecte. Les Touaregs prenaient soin de lui. L'air de rien. Que personne ne vienne troubler le rêve étoilé de l'homme aux cheveux blancs.

Ils s'amusaient avec douceur de ce rêve dont

ils étaient les maîtres. Papy Georges s'endormait. C'était tout bleu.

Alors je faisais le clown.

J'imitais les animaux au milieu des étoiles. On riait.

Mano le chef. Universitaire. Connaît Paris comme sa poche. Mano. Guide touareg. Fils de pauvres touaregs. Petit-fils de guerriers esclavagistes. Maître du désert. Amoureux fou de l'éternité et de la liberté. Contradiction. Mon rêve était réel.

Mano, dans quel silence faut-il être pour se retrouver ? Assis dans le sable à l'infini de la terre et du ciel conjugués, j'espère à nouveau, avec déjà cette petite douleur, comme une corde de guitare mal accordée, qui fout en l'air la prière. Il faut prendre l'instant comme un barbare, un cannibale, le broyer, l'avaler, le malaxer, avec des grandes gorgées d'air.

L'air du désert est étrange. Il n'est pas là. Il est en toi.

Exactement.

Merci pour ta nourriture. Merci pour ton amour incontournable du désert. Merci de m'avoir appris en si peu, l'inoubliable.

Désert. Déserté du visible vivant. Il s'enroule dans son immense drap et les dunes comme des

114

paupières de géants se closent dans l'ombre bleutée de leurs cils.

Ces traces qui ne servent à rien. Qui ne mènent nulle part.

Le massif de l'Aïr, montagne en forme d'étron de clébard. Impeccable. Des montagnes d'étrons filant droit vers le ciel. Crotte de terre calcaire. Colère de la terre. Le Neuf et le Sept, chiffres confondus ce jour-là, firent exploser l'univers.

Je le sais, j'ai joué des nuits entières ces deux chiffres-là. A en perdre ma dignité, mon honneur. Le Neuf féminin et le Sept masculin.

Le désert. Immobile. Déjà comme une étrange habitude. Tout ce sable, toutes ces âmes suspendues, amicales, m'étaient connus avant ma naissance. Je te jure, Paulo. Tout est vrai. Je l'ai vécu comme ça.

Les flammes du feu qui se mélangent à la nuit qui vient lentement comme pour mieux laisser le jour s'endormir. Elégance. L'amour du feu. Qui chasse les mauvais esprits. Qui les tient éloignés.

Je ne serai jamais un aventurier blasé.

Je prends le Toyota.

« Je vais faire un tour. Pas loin. En face. Tu vois. Là-bas. »

Mano regarde où je montre. Il veut que je prenne le téléphone-radio. Il sourit.

« Prends, mon ami. On ne sait jamais. Imagine que tu ne retrouves pas ton chemin. Tu seras pas le premier qu'on ne retrouve jamais. »

Attroupement. Les Touaregs rigolent du petit Blanc qui veut s'en aller tout seul. Les rois de la malice, les Touaregs.

Je démarre. Ils me font des grands signes. Ils m'encouragent à me perdre. Je suis seul. Je roule d'abord sur du sec. Sur de la croûte dure. Plus loin les grandes dunes roses. Une vraie gonzesse, le désert. Une vraie sublime gonzesse. Nue, bien sûr.

Je délire. J'arrête le camion. Silence.

L'ombre d'une dune à l'autre. Ce foutu désert me prend le ventre. Une trique de jeune homme, juré.

Le rose des dunes est parti plus loin. Je l'ai suivi. Je faisais des tours, des demi-tours, des tours de dune.

Le jeu du mec qui s'est perdu et qui joue à se retrouver.

Je te jure, Paulo, faut pas que ça dure trop. Vite à la maison. Fini le héros. Radio-téléphone. Je me suis perdu. Je ne vous vois plus.

A l'autre bout des rires comme des douceurs.

« Nous on te voit. On vient. »

116

A l'horizon, un petit point. L'autre Toyota sort de l'huile. Je les vois. Le désert avait voulu me kidnapper. Me prendre. Mais voilà. Je suis qu'un petit Blanc qui veut revoir ses enfants. Un petit Blanc avec une putain d'envie de rêver.

On est repartis vers le camp. On a laissé le désert danser avec ses fantômes.

Nous n'existions plus et cela n'avait aucune importance.

Écrire

Ecrire dans la chaleur du corps. Animal. Cinquante ans pépère. Grouille-toi de finir ta mélodie. Voilà les grandes orgues. Ta pauvre tête d'accroché à la vie voudrait accoucher du son bleu de l'oiseau bariolé. Cherche-le bien. L'amour toujours l'amour. Gonzesse nana. Une seule toujours.

Voilà des jours que j'ai pas écrit. Comme un con. Je vais écrire sur le bonheur possible. Je serai un menteur. Non.

Ecrire. Faut le faire. Je pourrais être peinard. Désespoir. Rien ne sort. Quitter le clavier sans avoir écrit un mot. Un pauvre mot. Qui voudrait dire quelque chose et qui serait beau. Un mot qui me rendrait ma jeunesse. Je suis là, entouré d'idées nonchalantes ou bien fulgurantes. Des idées comme des âmes. Qui se posent sur la table. Comme des moineaux que la faim ou l'envie de faire ami rapprocheraient de l'éventuel ennemi.

Ecrire sans se prendre pour un écrivain.

Ecrire comme un pianiste sans se prendre pour un pianiste. S'endormir dans les bras d'un mot follement attendu. Délivrance. Ecrire.

Moi, j'écris du fond d'un garage. J'écris amour fou, avec Papytoufou sous le frigidaire, pour le caler.

« Tu vas y passer la nuit sous ton foutu machin ?

« Ça dépend si tu t'en sers. N'oublie pas de refermer la porte. A cause de la lumière. Faudrait pas réveiller les enfants avec nos conneries de porte ouverte. »

Ah ! Papytoufou. Il sait plus quoi faire pour aimer son prochain.

Dans le bleu de l'été, l'absence s'est installée. Foutue nana, l'absence. Foutu charme. Si y'avait pas le chagrin. Ce foutu chagrin qui ronge. Qui rétrécit la vie. C'est la dernière ligne droite, nom de Dieu. Toute droite vers le non-retour. Celle de l'absence éternelle. Foutu chagrin, vieux requin. Je suis enquêteur vulgaire. Je me noie dans ce qu'il faut pas faire. Je repère l'objet. Je suis renifleur de collines, d'une vieille famille de voleurs de pommes.

Inventée la famille. Toujours cette foutue

absence. Déjà. Décor de la vie sans. Je préfère inventer décidément. Pas inventer vraiment. Exalter, hein Paulo, c'est ça ? En état d'exaltation. Foutue pendule qui s'arrête pas.

Y'a des nuits devant mon clavier, mon chat fait des cabrioles. De la baie de Rio à celle de Concarneau. Souvenirs de feuilles de coca. Ça la fout mal. Ça noircit les dents.

Courir après la grâce. Un pauvre cormoran chargé à blanc. Inquiet. Pas moyen de décoller. A moins d'ouvrir le bec. Mais le bec il est collé béton. Trop gros le cormoran. Et il le sait. Quelques kilos de trop qui lui bouffent la cervelle. Faut rester garenne. Facile à dire. Ça faisait déjà un moment. Un foutu moment de vie qu'il rebondissait, le cormoran.

Le garenne aspire à la liberté. C'est une grande âme d'insolence.

L'écriture est ma seule vérité. Etre vertical. Jeter les germes de l'amer. Trouver le son qui fera rebondir. L'inspiration court comme un nuage. Vite et sans remords. Le désespoir d'écrire devient cristal. Les cannibales de la mémoire font tomber des larmes sur le clavier. Ecrire. Dieu païen, aide ton serviteur. Donne-moi l'oiseau bariolé. Celui qui aide à souffler sur la page blanche. Ma révolte. Mon drapeau d'amour.

Caché au milieu des mots, je dis ma vérité. Je m'attarde. Je flâne au milieu des chromos. Séduis Blanche-Neige avec mon bonnet de marin. Revois les amis à qui je n'ai pas assez dit combien je les aimais. Sac à dos dans la lumière. Le clavier fait sonner la cloche comme à Vincennes les sulkys la nuit. Avec des mots comme des clairons. Des mots comme des bonbons. Quand j'écris poisson, je voudrais qu'il y ait de la couleur.

Les mots, arriver à les foutre sur papier. Y'a des fois en pleine trajectoire, à fond la caisse dans la phrase, t'éclates, tu déjantes, et cette foutue phrase cahote dans l'herbage pour finir comme une conne loin du rivage.

Je pars en voyage. Devant mon clavier. Mon bel ordinateur de mémoire. Ma boîte à songes. Ma belle gonzesse obsédante. J'irai au hasard de l'animateur. L'organisateur sans visage.

Je suis pas un gars de la syntaxe. Je suis de la syncope. Du bouleversement ultime. Je me fous du verbe et de son complément. Faut pas faire le malin avec les mots. Faut les aimer. Ça file du bonheur, les mots.

Je veux écrire pour être avec les autres. Ceux que j'ai connus. Ceux que je vais connaître. Ceux que je ne connaîtrai jamais. Je veux écrire pour être meilleur humain. Pour éviter la disgrâce.

COLLECTION FOLIO

Dernières parutions

Composition Firmin Didot.
Impression Bussière à Saint-Amand (Cher),
le 3 janvier 1995.
Dépôt légal : janvier 1995.
Numéro d'imprimeur : 3346.
ISBN 2-07-039265-1./Imprimé en France.